꿈을 꾸지 않는 산타클로스의 청춘 돼지는

카모시다 하지메 지음

미조구치 케이지 ● 일러스트

이승원 옮김

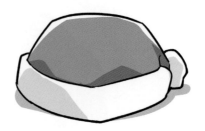

디자인 ● 키무라 디자인 랩

"어디 있는 걸까?"

"어딜까요?"

멀리서 딱따구리가
나무를 두들기는 소리가
들려왔다.

요코하마 모토마치의 상점가.
평일 낮이라 사람이 많지 않았다.

그곳을 걷는 미니스커트 산타는,
이채롭기 그지없었다.

하지만, 당연한 듯이
그 누구도 토코를 신경 쓰지 않았다.
토코의 존재를 눈치채지 못했다.

꿈을 꾸지 않는
산타클로스의
청춘 돼지는

카모시다 하지메 지음
미조구치 케이지 ● 일러스트
이승원 옮김

되고 싶어. 될 수 없어.
되고 싶은 나와, 될 수 없는 나.

될 수 없어. 되고 싶어.
될 수 없는 나는, 되고 싶은 나.

빙글빙글 돌고 있어. 현기증 난 미아.
거울에 묻는 건 너는 누구?
대답은 언제나 너는 누구?
알고 있는 건 이름 없는 누군가

키리시마 토코 『Someone』 발췌

제1장

꿈꾸는 세계

1

그날, 아즈사가와 사쿠타는 어둑어둑한 별하늘 아래에 있었다.

사자자리의 레굴루스. 처녀자리의 스피카. 목동자리의 아크투루스. 해가 진지 얼마 되지 않은 봄의 밤하늘을 수놓는 별들의 빛이, 지상에 모인 사람들을 상냥히 지켜보고 있다.

하지만 누구 한 명 밤하늘을 올려다보지 않았다. 1만 명이 넘는 관객들은 단 한 곳을 바라보고 있었다.

요코하마 아카렌가 창고의 광장에 설치된 야외무대.

바닷바람이 느껴지는 음악 페스티벌의 무대 위다.

그곳에는 인기 록밴드의 게스트 보컬로서 노래하고 있는 여성이 한 명 있었다.

모든 이들의 시선은 그녀에게 집중되어 있었다.

사쿠타도 눈길을 떼지 못했다.

맑은 목소리.

평온한 목소리.

그러면서도, 파워풀한 연주에 지지 않을 만큼 또렷하고 아름다운 노랫소리였다.

마이크를 쥔 이는 사쿠타가 잘 아는 인물.

국민적 지명도를 자랑하는 유명인.

아역 배우부터 활약해왔고, 지금도 여배우로서 영화와 드라마에서 활약하는 『사쿠라지마 마이』다.

무대 앞에 모인 관객들은, 마치 시간이 멈춘 것처럼 움직이지 않았다. 소리도 내지 않았다. 마이가 등장한 후로 쭉……놀라움이라는 감정에 사로잡힌 채 얼어붙어 있었다.

연주되는 곡은, 사쿠타도 들어본 적이 있는 것이었다.

CF 등에서 쓰이는 키리시마 토코의 대표곡.

마이가 그 노래를 부르고 있다.

마치 자기 노래인 것처럼 힘차게…….

마치 자기가 키리시마 토코인 것처럼 당당히…….

마이는 무대 위에서 노래하고 있다.

관객들은 아무 말도 하지 않았다. 몸으로 리듬을 타지도 않았고, 손뼉을 치지도 않았다. 그저, 망연자실하게 서 있을 뿐이었다.

이윽고 행사장의 경악이 사그라들기 전에, 마이는 노래 한 곡을 다 불렀다.

오렌지색에 물든 벽돌 건물 옆에, 본래의 정적이 감돌았다. 들리는 것은 조용한 파도 소리와 바람 소리뿐이다. 하지만, 어둠 속에는 1만 명이 넘는 관객의 기척이 명백히 존재하고 있었다.

숨을 삼키며 기다리고 있다.

마이의 말을 기다리고 있다.

급해지는 마음을 꾹 억누르며, 기다리고 있었다.

기대에 찬 마음은, 무대에 선 마이에게도 전해졌을 것이다. 그렇기에, 마이는 멋쩍은 듯이 웃고 있다.

그런 소소한 움직임에 관객들이 반응하면서, 행사장 안의 기대감은 더욱 커져만 갔다. 금방이라도 터져나갈 것처럼 부풀어 올랐다.

마이는 심호흡을 한 번 했다.

그리고 마이크를 다시 들어 올려서 입가로 가져갔다.

"오늘 이 자리를 빌려서, 여러분에게 보고드릴 게 있어요."

아직 관객은 반응을 보이지 않았다. 지그시 무대 위만 올려다보고 있었다.

"이미 눈치채신 분도 계시겠지만······."

마이는 행사장 안을 둘러보며, 말을 잠시 멈췄다.

관객들의 의식이 순식간에 집중됐다. 마이는 행사장 전체를 둘러보며, 그런 감정을 전부 받아들였다.

그리고, 다시 한번 심호흡을 한 후······.

"실은, 제가 키리시마 토코예요."

······라고, 말했다.

첫 1초는 침묵.

다음 1초도 침묵이 이어졌다.

그 직후, 계속 쌓여왔던 관객들의 기대감이 일제히 폭발했다. 인내에서 해방되면서, 멈춰있던 시간이 흐르기 시작했다. 찢어질 듯한 환성이, 천둥처럼 공기를 뒤흔들었다. 행사장 안은 순식간에 음악 이벤트 특유의 고양된 분위기에 덧칠됐다.

환성 이외에는 아무것도 들리지 않았다. 환희가 행사장을 삼켰다. 거대한 생물이 울부짖는 듯한 박력이 존재했다. 1만 명이 넘는 관객의 감정은 이 순간, 이 장소에서 명확한 의지를 지닌 무언가를 자아냈다.

사쿠타만은, 그 행사장에서 놀라움 속에 남겨져 있었다.

망연자실한 표정으로 서 있을 뿐이었다.

옆에서 펄쩍펄쩍 뛰고 있는 관객과 어깨를 부딪치고서야, 사쿠타는 겨우 정신을 차렸다.

"그럼, 한 곡 더……."

마이의 신호에 맞춰 드럼이 연주를 시작했다.

관객들이 라이브를 즐기기 위해 앞쪽으로 몰려들면서, 사쿠타는 어느새 무대 정면에서 밀려났다.

멀찍이 떨어진 곳에 있는 무대 위에, 조그마한 마이가 있었다. 40미터…… 아니, 50미터는 되지 않을까.

사쿠타는 조그마하게 보이는 마이를 한동안 쳐다본 후, 곡 도중에 무대에서 멀어지듯 걸음을 옮겼다. 환한 무대 쪽과는 달리, 무대에서 멀어지고 있는 사쿠타의 발치를 비추는 빛은 거의 없다. 그 도중에 사쿠타는 바지 호주머니에서 뭔가를 꺼냈다.

손에 쥔 것은 약간 묵직한 느낌이 드는 스마트폰이었다.

눈부신 그 화면을 만지며, 익숙한 손놀림으로 조작했다. 전화번호부의 가장 윗줄…… 이름 순서상 가장 위에 등록된 번호에 전화를 걸었다.

귀에 댄 스마트폰에서는 신호음이 세 번 들려왔다.

"네, 아카기예요."

전화 너머에서는 아카기의 차분한 목소리가 들려왔다.

"아즈사가와야."

"알아……. 무슨 일이야?"

"아카기에게 부탁할 일이 있어."

"아즈사가와가 나한테? 왠지 무섭네."

농담 반, 진심 반인 듯한 목소리와 태도였다.

"오늘 좀 만날 수 없을까?"

"갑작스럽네."

"그게, 시간이 없어."

그렇게 말한 사쿠타의 눈은, 무대 위에서 노래하는 마이를 향하고 있었다.

"……알았어."

물어보고 싶은 것이 있을 것이다. 솔직히 말해 너무 갑작스럽다. 그런데도, 이쿠미는 그 어떤 의문도 입에 담지 않았다. 「시간이 없어」라고 말한 사쿠타의 마음을 존중해준 것이다.

"어디로 가면 돼?"

"나는 지금 아카렌가 창고에 있으니까, 요코하마 역에서 보면 어떨까?"

"알았어. 그럼 나중에 전화할게."

화면의 빨간 버튼을 터치해서 통화를 끝냈다.

아무 소리도 나지 않는 스마트폰의 검은 화면에는, 사쿠타의 가라앉은 얼굴이 비치고 있었다. 그 얼굴을 쳐다보면서…….

"뒷일은 맡기겠어."

……라고, 사쿠타는 중얼거렸다.

그 순간에서야, 사쿠타는 자기가 꿈을 꾸고 있다는 사실을 눈치챘다.

눈을 떠보니, 마이가 언짢은 표정으로 사쿠타를 내려다보고 있었다.

"좋은 아침이에요, 마이 씨."

연인에게 아침 인사를 했다. 하지만 어찌된 건지 말을 하기 어려웠다. 그것도 그렇게, 마이가 손가락으로 사쿠타의 볼을 꼬집고 있었던 것이다.

"나, 잠꼬대로 이상한 소리를 했어요?"

언짢아 보이는 마이에게 그렇게 물었다.

"꿈속에서, 아카기 양과 뭘 한 거야?"

아무래도 이게 마이가 언짢은 이유 같았다. 잠꼬대로 「아카기」라고 말한 것이리라.

"어찌된 건지, 아카기에게 스마트폰으로 전화를 걸었어요."

기묘한 꿈을 있는 그대로 털어놨다.

"사쿠타가?"

그러자 마이는 약간 놀라움이 섞인 목소리로 사쿠타에게 확인 삼아 물었다.

"네."

"사쿠타 걸로?"

"바지 호주머니에서 꺼냈으니까, 아마 틀림없을 거예요."

"흐음. 이상한 꿈이네."

마이가 볼에서 손가락을 뗐다. 그리고 의아한 표정을 지었다. 마이 또한, 아무리 꿈이라고 해도 사쿠타가 스마트폰을 가지고 있다는 상황이 기묘하게 여겨지는 것 같았다. 처음 만났을 때부터 사쿠타는 쭉 스마트폰이 없었으니, 그게 당연한 반응이리라.

몸을 일으키고 소파에 앉았다. 실내를 둘러보니, 낯선 방이었다. 낯선 향기가 감돌았다. 생활감이 없는 정돈된 공간. 이곳은 어젯밤에 묵었던 하코네의 온천여관이다. 그래서, 사쿠타와 마이는 지금 유카타를 입고 있었다.

"정말 이상한 꿈이었어요."

사쿠타는 그 꿈을 떠올리려는 듯이 말을 이었다.

"아카렌가 창고의 광장에 무대가 있었고…… 음악 페스티벌? 같은 게 열린 것 같았어요. 거기서 마이 씨가 노래하는데, 키리시마 토코의 노래를 부르더라고요. ……게다가 노래를 마친 후에 자기가 키리시마 토코라고 말하지 뭐예요."

"꿈답게 참 엉터리 같은 내용이네."

마이는 약간 어처구니없다는 듯이 웃음을 터뜨렸다.

"……."

하지만, 사쿠타는 웃지 않았다.

그걸 눈치챈 마이는 배려하는 듯한 시선을 보냈다.

"……사쿠타, 그것도 최근의 예지몽 같은 것과 관련이 있다고 생각해?"

"없다고 딱 잘라 말하진 못하겠네요. 묘하게 리얼했거든요."

오른손에는 아직 스마트폰을 쥐고 있는 감각이 남아있다. 그 묵직함을, 손바닥이 지금도 기억하고 있다. 고막에는 마이의 노랫소리가 어려 있다. 머릿속에서도 여전히 울려 퍼지고 있었다.

"하지만 나는 음악 페스티벌에 출연할 예정이 없어. 완전히 동떨어진 분야잖아."

"그건 그래요."

영화와 드라마, CF, 모델이 『사쿠라지마 마이』의 주요 활동이다. 이제까지 영화 안에서 노래를 한 적은 있어도, 아티스트로서의 활동은 하지 않았다.

"백 보 양보해서 앞으로 나한테 페스티벌 출연 의뢰가 들어오거나, 사쿠타가 스마트폰을 가지게 될지도 모르지만……내가 키리시마 토코일 가능성은 없거든?"

"왜냐하면, 마이 씨는 키리시마 토코가 아니니까요."

마이의 말이 옳다. 페스티벌의 출연 의뢰가 들어올지도 모른다. 사쿠타가 스마트폰을 살지도 모른다. 이 두 가지는 가능성이 제로라고 단언할 수 없다.

하지만 사쿠타가 자기 입으로 말한 것처럼, 마이는 토코가 아니다. 그러니 이 점만은 꿈이 현실이 될 리가 없다.

"역시 너무 나쁘게 생각한 걸까요."

"요즘 이상한 일이 많았잖아."

확실히 이상한 일이 많았다. 아직 과거형으로 만들기에는 이르단 느낌도 들지만 말이다.

"마이 씨는 어때요? 이상한 꿈 안 꿨어요?"

"안 꿨어. 아침까지 푹 잤다니깐."

"외박 데이트를 와서, 그것도 좀 그렇지 않아요?"

"모처럼 하코네에 왔으니까, 푹 쉬어줘야 하지 않겠어? 사쿠타는 온천에서 좀 더 힐링하는 게 어때?"

그것도 마이의 말이 옳다. 지금은 느긋하게 쉬는 편이 나을 것이다.

"그럼 목욕탕에 가서 헤엄이라도 치고 올까요."

"겸사겸사 산책이라도 하며, 한 시간 정도는 방에 돌아오지 마."

"왜요?"

"나도 방의 욕실에서 온천을 즐기고 싶거든."

마이는 유리 너머에 있는 객실의 노천 온천을 봤다.

"그럼 나도 같이 들어갈래요."

"괜한 소리 말고 빨리 가."

마이가 방의 입구를 손가락으로 가리켰다.

바로 그때였다.

"아, 좋은 아침이에요."

그런 목소리가 들려오더니, 마이의 매니저인 하나와 료코가 2층에서 내려왔다.

"좋은 아침이에요, 료코 씨."

"좋은 아침이에요, 하나와 씨."

"네, 좋은 아침이에요."

그렇게 다시 아침 인사를 건넨 후……

"맞다, 마이 씨."

료코는 뭔가가 생각난 투로 마이에게 말을 건넸다.

"네. 무슨 일이죠?"

사쿠타를 방에서 쫓아내려던 마이가 료코를 돌아봤다.

"어제 깜빡하고 이야기 안 했는데, 실은 좀 특이한 오퍼가 들어왔어요……"

료코는 말끝을 흐리면서 사쿠타를 신경 썼다. 이것은 일에 관련된 이야기다. 외부인인 사쿠타 앞에서 이야기해도 될지 망설이는 것 같았다.

"특이하다는 걸 보면, 영화나 드라마 쪽 일은 아닌가 보네요?"

"음악 관련이에요."

료코는 구체적인 내용을 피하며 대답했다.

그 말은 사쿠타와 마이가 반응을 보이기에 충분한 의미를 지녔다. 사쿠타는 마이를 힐끔 쳐다봤다. 마이 또한 사쿠타를 쳐다봤다. 그 후, 마이는……

"설마 음악 페스티벌의 출연 의뢰인가요?"

확인하듯 료코에게 물었다.

"어머? 그걸 어떻게 알았어요?"

료코는 당연한 듯이 놀랐다. 그런 료코 앞에서 얼굴을 마주한 마이와 사쿠타는 어색하게 웃으며 얼버무릴 수밖에 없었다.

2

전세 낸 것이나 다름없는 목욕탕에서 아침부터 온천을 즐기고, 식당에 준비된 아침 식사를 맛본 후…… 방에서 느긋하게 시간을 보낸 사쿠타 일행은 여관을 체크아웃했다.

주차장으로 향한 건 오전 열한 시.

다른 차로 온 료코와는 여기서 헤어진다. 료코는 요즘 빠진 빵집 순례를 하고 돌아갈 것이라고 했다. 료코는 차를 타면서…….

"너무 사진 찍히진 말아 주세요."

……하고, 완곡하게 주의를 줬다.

"너무 찍히진 말라고 했으니, 조금은 괜찮다는 걸까요?"

출발한 료코의 차를 배웅하며, 마이에게 확인 삼아 묻자……

"괜찮지 않을까?"

……라고 말하며 웃음으로 답했다.

그런 농담을 나누면서, 사쿠타와 마이도 차에 탔다.

출발한 차는 산길을 올라가더니, 하코네 등산 철도의 종착역인 고라로 향했다. 여기서부터는 케이블카와 로프웨이가 철도를 대신한다.

고라역 주변의 점포 앞에는 20대에서 30대의 커플이 많았다. 웃으며 담소 중인 그들은 기념품을 사거나 경단을 먹고 있었다.

"료코 씨의 말에 따르면, 음악 페스티벌은 4월 1일에 개최된대."

"아직 멀었네요."

오늘은 데이트하기 딱 좋은 날인 12월 25일, 크리스마스. 페스티벌이 개최될 때까지 석 달 이상 남았다.

"오퍼를 준 건 지난달에 공개된 영화에서 함께 출연한 밴드 사람들인데, 시크릿 게스트 보컬 취급인가 봐."

"마이 씨, 영화에서 열창했잖아요. 그 밴드의 연주에 맞춰서요."

"그게 화제가 된 덕분에 이번 오퍼가 들어온 것 같아. 팬 서비스가 될 거라면서. 료코 씨와 사무소 측도 긍정적인 것 같아."

확실히 영화의 한 장면을 재현하는 의미도 있으니, 영화를 접한 이들로서는 그 장면을 실제로 보고 실제로 들으면 기쁠 것이다.

"그런데, 마이 씨는 어쩔 거예요?"

"어쩌냐니?"

"오퍼를 받아들일 건지, 말 건지 말이에요."

"받아들일 거야. 신세를 진 분들의 의뢰인 걸."

"그렇게 되면…… 미래는 내가 본 꿈에 한 걸음 다가서게 되네요."

4월 1일, 마이는 음악 페스티벌의 무대에 선다.

"그럼 그날에 내가 키리시마 토코의 노래를 부르고, 키리시마 토코라고 커밍아웃을 하면 되는 거구나."

"저도 스마트폰을 사야겠네요."

"그걸로 완벽하네."

서로가 그럴 마음이 없기에, 웃음을 흘렸다.

"하지만, 만약 진짜로 사쿠타가 본 꿈대로 미래가 흘러간다면…… 딱 하나 안심해도 되는 점이 있지 않아?"

정원 『하코네 가든즈』의 간판을 발견한 마이는 방향지시

등을 켜면서 옆길에 차를 집어넣었다.

"뭔데요?"

"적어도 4월 1일까지, 나는 무사할 거란 점이야."

"확실히, 그 점은 안심이네요."

—키리시마 토코를 찾아

—마이 씨가 위험해

그 메시지에 관한 답은 아직 찾지 못했다.

주차장에 차를 세웠다. 마이가 운전하는 차를 타고 도착한 곳은 소라에서 센고쿠하라로 향하는 도중에 있는, 해외 플라워 아티스트가 하코네의 자연을 이용해 만든 정원이다.

"그렇다면, 이제부터 할 일은 하나네요."

차에서 내린 후, 마이와 함께 걸음을 옮겼다.

"그래. 데이트를 즐기자."

두 사람은 자연스럽게 손을 맞잡았다.

생명력 강한 풀과 꽃에 둘러싸인 겨울 정원을 산책하며 평온한 시간을 보냈다. 때때로 다른 손님과 스쳐 지나갔지만, 두 사람의 발소리와 숨소리밖에 들리지 않았다. 때때로 멀리서 딱따구리가 나무를 두들기는 소리가 들려왔다.

"어디에 있는 걸까?"

"어딜까요?"

둘이서 찾아봤지만, 딱따구리는 발견하지 못했다. 그저

똑똑똑똑 하는 메마른 소리만 끝없이 들려왔다.

결국 딱따구리를 찾는 것을 포기한 사쿠타와 마이는 정원 안의 카페에서 잠시 휴식을 취하기로 했다. 그리고 카페의 점원이 저 딱따구리 소리는 자기 영역을 주장하는 것이라고 알려줬다.

그 후, 오후 한 시가 지났을 즈음에 고라 역 근처로 차로 돌아간 사쿠타와 마이는 늦은 점심을 먹었다. 고라에서 인기라는, 질냄비에 넣고 끓인 따끈따끈한 두부까스다.

후후 불며 식사를 마친 후, 로망스카의 종착역이 있는 하코네 유모토까지 이어지는 구불구불한 산길을 내려온 두 사람은 상점이 줄지어 있는 역앞 번화가에서 여행 선물을 골랐다.

사쿠타가 산 것은 나무를 짜서 만든 찻잔 받침과 마시멜로 같은 식감의 떡 안에 잘게 썬 양갱이 들어 있는 유모치라는 과자다. 가게에서 운영하는 카페에서 마이와 함께 먹어보고, 카에데가 좋아할 것 같아서 사가기로 했다.

그런 사쿠타와 마이가 하코네 유모토를 떠난 것은 오후 세 시가 지났을 즈음이었다. 저녁 이후로는 정체가 심할 것이란 예보를 접하고, 길이 막히기 전에 출발한 것이다.

도중에 오다와라에 들러서 정월용 카마보코 어묵을 주문했고, 오후 다섯 시 전에는 익숙한 후지사와의 마을로 돌아왔다.

"그럼 여섯 시 넘어서 너희 집으로 갈게."

"네, 기다리고 있을게요."

저녁을 같이 먹기로 약속한 후, 사쿠타는 맨션 앞에서 마이와 일단 헤어졌다.

우편함이 비어있는 것을 확인한 후, 엘리베이터에 탔다. 1박 여행이었지만, 사쿠타는 「돌아왔다」는 실감을 느꼈다.

엘리베이터에서 내리고 현관문 앞에 서니, 그 느낌이 더욱 강해졌다.

문을 열고, 방에 들어갔다.

그러자, 집안에서 누군가의 목소리가 들려왔다. 아마 TV의 음성일 것이다. 어젯밤에 카에데는 요코하마 시내의 본가에 묵었지만, 거실의 불이 켜져 있었다. 인기척도 느껴졌다.

사쿠타가 신발을 벗고 있을 때…….

"오빠, 왜 이리 늦은 거야?"

집 안에서 애완 고양이를 안은 카에데가 모습을 보였다. 나스노는 「냐옹〜」 하고 울었다. 분명 어서 와 라고 말한 게 틀림없다.

"데이트하고 온 사람치고는 일찍 귀가했다고 생각하거든?"

신발을 벗고 집 안으로 들어갔다.

"그런데, 카에데가 왜 여기 있는 거야? 어제 부모님 집에 갔었잖아."

"혼자 있는 나스노가 불쌍하기도 했고, 나는 여섯 시부터 아르바이트니까……. 그리고 오빠한테 할 이야기가 있거든."

거실로 향하는 사쿠타의 뒤편에서, 카에데의 목소리가 점점 작아졌다. 거리가 멀어지는 게 아니라, 목소리를 낮추고 있었다. 발소리는 따라오고 있었다.

"할 이야기가 뭔데?"

선물이 든 봉투를 식탁 위에 내려두면서 물었다.

"……."

하지만 카에데는 바로 대답하지 않았다.

사쿠타가 돌아보니, 카에데는 은근슬쩍 시선을 피하면서 나스노를 바닥에 내려왔다.

CF가 나오던 TV에서 저녁 뉴스 방송이 나왔다.

"아까도 전해드렸습니다만, 각종 SNS의 접속 장애에 관한 뉴스를 다시 전해드립니다. 오늘 오전부터 여러 대형 SNS에서 이용자들의 접속 불량 장애가 발생했습니다."

화면에는 문장 위주 SNS와 사진 위주 SNS의 로고…… 그외에도 여러 SNS가 표시되어 있었다.

"할 이야기라는 건, 이거야."

카에데는 TV를 손가락으로 가리켰다. 하지만 사쿠타는 무슨 말인지 이해하지 못했다.

"이거?"

일단 카에데가 가리킨 TV를 쳐다봤다. 그러자 남성 아나운서는 접속 장애의 원인을 이야기했다.

"현재 입수한 정보에 따르면, 이 『#꿈꾸다』라는 태그가 달린 글이 일제히 올라오면서 액세스가 집중된 것이 원인이라 여겨지고 있습니다. 현재도 접속 장애는 이어지고 있는 듯합니다."

원고를 꼼꼼히 읽는 남성 아나운서는 이어서 해시태그에 관한 설명을 「이미 알고 계신 분도 있으시겠습니다만」 이라고 운을 뗀 후에 시작했다.

"또 『#꿈꾸다』인가……."

요즘 들어 들은 횟수가 늘었고, 그것과 관련된 예지몽 현상 탓에 사쿠타도 솔직히 골치를 썩이고 있다. 직접적으로도, 간접적으로도…….

그것이 뉴스 방송에서도 다뤄지게 된 것은 그다지 좋은 일이 아닌 듯한 느낌이 들었다. 설령, 뉴스 내용이 접속 장애에 관한 것일지라도.

"카에데, 노트북 좀 빌릴게."

"아, 응."

테이블 위에서 노트북을 켠 후에 SNS에 접속하려 했다. 하지만 화면이 좀처럼 표시되지 않았다. 그래도 한동안 기다리자, 겨우 SNS가 화면에 표시됐다. 보도된 대로, 접속하기 어려운 상황이 이어지고 있는 것 같았다.

글 중에서 『#꿈꾸다』만을 표시했다.

이번에도 1분 정도 대기한 후에야, 겨우 글이 표시됐다.

꿈 이야기가 줄지어 표시됐다.

─남친에게 헤어지자고 하는 꿈을 꿨어. 내가 말하는 이유가 전부 정답! 네 그런 점이 별로야! 싶어서 완전 대박 #꿈꾸다

─좀 봐달라고. 대학에 합격하는 꿈이라니. 어이! 꿈인 거냐! 상경해 혼자 살기 시작해서 완전 최고라고 생각한 순간에 잠에서 깼다고요! #꿈꾸다

─밤벚꽃 아래에서 꽃구경. 과음한 대학 친구가 구토했어요. 걔한테는 술 안 먹여야겠어요 #꿈꾸다

─여친에게 차이는 꿈이라니, 완전 최악. 이런저런 소리 늘어놓더니, 최종적으로는 내 젓가락질이 마음에 안 든다는 거냐. 오늘부터 고쳐야지 #꿈꾸다

전부 짤막한 부분만 다루고 있지만, 그 상황은 묘하게 구체적이다. 마치 어제 일인 것처럼 이야기하고 있다. 그런 특징은 사쿠타가 꾼 꿈과 흡사했다.

그런 글이 SNS에 무수히 올라와 있었다. 지금도 늘어나고 있다. 100개, 200개 정도가 아니다. 1000개, 2000개도 아니다. 만을 넘어 수백만 개의 글이 올라와 있었다. 즉, 그렇게 많은 인원이 어젯밤에 꿈을 꿨고, 『#꿈꾸다』를 붙여서 글을 올린 것이다.

만약 이 모든 꿈이 진짜로 미래를 본 것일 경우, 이 상황은 어떻게 이해해야 할까. 이 사태는, 앞으로의 미래에 어떤 영향을 끼칠까.

젓가락을 쥐는 법이 마음에 안 든다는 이유로 여친에게 차인 남자는, 앞으로 젓가락을 예쁘게 쥐게 되어서 차이지 않을지도 모른다. 혹은 다른 이유로 차일지도 모른다. 그것은 그때가 되지 않으면 알 수 없다.

"……."

시선을 느끼고 노트북 화면에서 고개를 들어보니, 카에데가 할 말이 있는 것처럼 사쿠타를 보고 있었다.

"그런데, 카에데는 어떤 꿈을 꾼 거야?"

"응?"

사쿠타가 갑자기 말을 건네자, 카에데는 놀란 듯한 표정을 지었다.

"할 이야기라는 건, 꿈에 관한 거지? 꿈이 현실이 된다는 소문도 있잖아."

"그렇긴 한데……."

카에데는 입술을 삐죽 내밀며 불만을 표시했다. 이야기하고 싶지만, 하고 싶지 않다. 표정에서 그런 모순된 감정이 느껴졌다.

"입에 담는 것도 부끄러운 꿈이었어?"

선물이 들어 있는 봉투를 향해 손을 뻗었다.

"부끄러운 건 아닌데……."

"아닌데?"

"……또 한 명의 내가 돌아오는 꿈이었어."

사쿠타의 손은 선물을 쥐기 직전에 멈췄다.

고개를 들어서 카에데를 봤다. 카에데는 사쿠타의 시선을 피하듯, 발치에 있는 나스노의 등을 쓰다듬고 있었다. 그리고, 몸을 웅크린 채……

"오빠가 돌아오는 걸, 나스노와 기다리는……"

……라고 말했다.

사쿠타는 아무 말 없이, 선물인 떡의 포장을 뜯었다. 그리고 손으로 쥐면 찢어질 것 같은 그 떡을 입에 집어넣었다. 입에 넣고 얼마 되지 않아서, 떡은 입에서 사라졌다.

차라도 끓일까 싶어서 부엌의 식기 선반에서 너구리와 판다가 그려진 머그컵 두 개를 꺼냈다. 전기 주전자에 물을 넣고 스위치를 켰다.

"무슨 고민이라도 있어? 해리성 장애가 재발할 정도의 고민 말이야."

너구리 머그컵에 인스턴트커피 가루를 넣고, 판다 머그컵에는 코코아 분말을 넣었다.

"나는 오빠가 아니니까, 고민 정도는 있거든?"

"예를 들자면?"

주전자 안의 물이 끓기 시작했다. 참고로, 사쿠타도 고민 정도는 있다.

"진로라든가."

카에데는 투덜대는 듯한 어조로 짤막하게 대답했다.

"되게 건전한 고민이네. 고등학교 2학년 겨울에 할 고민으로 안성맞춤 아냐?"

끓는 물을 너구리와 판다 머그컵에 부었다. 커피의 씁쓸한 향기와, 코코아의 달콤한 향기가 뒤섞이며 피어올랐다.

"오빠는 진로 고민 같은 건 안 했잖아."

"나도 고민했어. 대학에서 떨어지면 마이 씨에게 뭐라고 변명할지를 말이지."

판다 머그컵을 카에데에게 건네줬다.

"하지만, 결국 붙었잖아."

"마이 씨가 납득할만한 변명이 생각나지 않았거든. 그래서 필사적으로 공부했지."

"……."

카에데는 아무 말 없이 코코아를 한 모금 마셨다.

"만약 대학에 떨어졌다면, 오빠는 마이 씨에게 뭐라고 변명했을 것 같아?"

"내 공부를 봐준 사람이 마이 씨잖아?"

"응."

"그러니 『마이 씨가 제대로 안 가르쳐줘서 떨어진 거예요』하고 말하지 않았으려나?"

"……."

어찌된 건지 카에데는 입을 쩍 벌린 채 굳어버렸다. 말문이 막혔다는 듯한 반응이다.

"물론 농담투로 말이지."

"보통은 농담투로도 그런 말 안 해. 아니, 못 해."

"그래서 나도 실제로 말하진 않은 거야."

카에데는 땅이 꺼지게 한숨을 내쉬었다. 하지만, 불가사의하게도 표정은 밝았다. 입가에는 웃음기가 어려있는 것처럼 보였다.

"그럼, 내가 대학에서 떨어지면 오빠 탓이네."

"왜 그렇게 되는 건데?"

"나도 대학에 갈 생각이거든."

"아까까지 진로로 고민한다고 말하지 않았어?"

"방금 결정했어. 아직 사람이 많이 모이는 장소는 꺼리지만…… 코미의 제1지망이 오빠가 다니는 대학이라고 어제 들었거든."

카에데가 「코미」라고 부르는 이는 소꿉친구 같은 존재인 카노 코토미다.

"코미와 함께라면, 나도 대학에 가보고 싶은데…… 안 될까?"

"뭐, 괜찮지 않겠어?"

"하지만 이런 동기로 진로를 결정해도 괜찮을까?"

"나도 마이 씨와 같은 대학에 가고 싶다는 동기로 정했다고."

"오빠는 그냥 마이 씨의 꼭두각시였을 뿐이잖아."

"내가 그렇게 보였던 거냐……."

사실이기는 하지만, 친동생에게 「꼭두각시」란 말을 들으니 좀 충격을 받았다.

"뭐, 카에데가 대학에 가려는 건, 밖으로 더 나가고 싶다, 먼 곳에도 갈 수 있게 되고 싶다…… 그런 마음의 문제 때문이기도 하잖아?"

"그렇긴 한데…… 그렇게 대놓고 말하지 마. 부끄럽단 말이야."

"그럼, 하고 싶은 대로 하면 돼."

"응……. 고마워."

"그것보다, 시간은 괜찮은 거야? 여섯 시부터 아르바이트랬지?"

시계를 보니, 5시 40분이었다.

"앗~! 오빠, 그런 건 빨리 말해!"

카에데는 허둥지둥 방으로 뛰어갔다. 그리고 아까 옷차림에 코트만 걸친 채 다시 허둥지둥 뛰쳐나왔다. 그리고 그대로 현관을 향해 뛰어갔다.

"그럼, 다녀오겠습니다!"

그 목소리만 거실까지 전해졌다.

"응. 조심해서 다녀와."

"오빠, 문 잠가!"

"그래."

대답하면서 현관에 가보니, 카에데의 모습은 이미 보이지 않았다. 철컹 소리를 내며 문이 닫혔다. 카에데의 말에 따라 문을 잠근 후, 사쿠타는 거실로 돌아갔다.

"『카에데』의 꿈, 인가."

무의식적으로 그렇게 중얼거렸다.

만약 그 꿈이 현실이 된다면, 사쿠타에게는 심각한 일이다. 해리성 장애를 극복해서 『카에데』가 카에데로 돌아왔을 때, 의사는 「재발할 가능성이 제로는 아닙니다」라고 말했다. 그런 병이라고 한다.

하지만 그 이야기를 『카에데』와 연관 지어 생각하지는 않았다. 설령 다시 해리성 장애에 걸리더라도, 같은 형태로 발병하리라고는 단정할 수 없다. 그래서 생각하지 않으려 했다.

특히, 카에데가 고교 수험을 치른 후로는…….

통신제 고교에 다니게 되고, 아르바이트를 시작한 후로는 더욱 말이다.

재발을 걱정할 필요가 없을 정도로, 카에데는 카에데로서 하루하루를 평범하면서 당연하게 보내왔던 것이다.

"뭐, 주의를 기울이며 지켜볼 수밖에 없겠지."

나스노를 쳐다보며 그렇게 말하자, 「냐옹~」이라고 믿음직한 대답이 들려왔다.

한숨 돌릴 생각으로 식탁에 둔 컵을 향해 손을 뻗었다. 약간 식은 커피를 한 모금 머금었을 때, 문득 전화기가 눈에 들어왔다.

"아, 맞다……."

사쿠타는 확인할 게 있다는 사실을 떠올렸다.

수화기를 들었다. 어렴풋한 기억에 따라 열한 자리 번호를 차례차례 눌렀다. 그것은 꿈속에서 본 아카기 이쿠미의 전화번호다.

귀에 댄 수화기에서 신호음이 들려왔다. 전화는 걸렸다. 이 번호를 쓰는 이가 있다는 증거다.

하지만, 신호가 다섯 번이나 갔는데도 전화가 연결되지 않았다. 아무도 받지 않았다.

결국, 그대로 부재중 전화 서비스로 변경됐다.

그래서 메시지를 남겨두기로 했다.

"아카기 이쿠미 씨의 전화번호가 맞나요? 저는 아즈사가와 사쿠타라고 해요. 혹시 맞다면, 전화 주시면 감사하겠어요. 실례했습니다."

용건을 말한 후에 전화를 끊었다. 진짜로 이쿠미의 전화번호라면, 금방 다시 전화가 올 거란 생각이 들었다. 진지하고 성실한 이쿠미라면, 메시지를 듣자마자 행동할 것이다.

예상이 적중한 건지, 1분쯤 흐른 후에 전화가 왔다.

전화기의 디스플레이에는 사쿠타가 아까 건 번호가 표시되어 있었다.

"여보세요."

상대가 이쿠미가 아닐 수도 있기에, 존댓말을 썼다.

"저는, 아카기라고 해요."

마찬가지로 존댓말이 들려왔다.

하지만 이 차분한 목소리의 주인은 이쿠미가 틀림없다.

"아, 나야. 아즈사가와야."

이번에는 평소 말투로 대답했다.

"응."

이쿠미는 고개를 끄덕이면서 말하는 듯한 작은 목소리로 대답했다.

"이런 날에 갑자기 전화해서 미안해."

오늘은 12월 25일. 크리스마스 당일이다.

"괜찮아. 크리스마스 파티 뒷정리도 끝났거든."

"그건 학습 지원 자원봉사 쪽에서 하는 거야?"

"응. 다들 기뻐해줬어."

"그거 보람 있겠네."

"아즈사가와야말로 멋진 여친이 있으면서, 나한테 전화해도 돼?"

"데이트라면 하고 왔어. 나중에 저녁도 같이 먹기로 약속했지."

"그런데, 내 번호는 누구한테 들었어?"

사쿠타의 자랑을 깔끔하게 무시한 이쿠미는 본론에 들어갔다.

"아무도 가르쳐주지 않았어."

"그럼, 어떻게 안 거야?"

"꿈에서 봤어. 내가 아카기에게 전화를 걸었거든."

"그 번호를 기억해뒀다가, 시험 삼아 걸어본 거구나?"

"아카기는 말이 잘 통한다니깐."

"그건…… 기분 나쁘네."

"기분 나쁜 건, 이 상황을 말하는 거지?"

"절반은 그래."

"그럼 남은 절반은 나야?"

"……."

돌아온 것은 침묵. 긍정의 침묵이다. 그렇다면 하다못해 「그래」 하고 답해줬으면 한다.

"아즈사가와가 꾼 꿈은, 오늘 뉴스에 나온 그거겠지?"

"아마 그럴 거야."

"내 전화번호가 맞는 걸 보면, 진짜로 미래를 보는 걸지도 몰라."

당치도 않은 이야기지만, 이쿠미는 묘하게 차분했다. 하지만, 사쿠타는 이쿠미답다는 생각이 들었다. 사춘기 증후군에 의한 불가사의한 현상은 이쿠미 자신도 경험했다. 그래서, 이런 일이 일어날 수 있다고 여길 만큼 마음이 유연했다.

"그걸 확인하려고 아카기에게 전화한 거야. 갑자기 연락해서 정말 미안해."

"신경쓰지 마. 나도 그 일 관련으로 아즈사가와에게 할 이야기가 있었어."

"혹시, 아카기도 꿈을 꾼 거야?"

"아즈사가와와 같은 날, 같은 시간의 꿈이라고 생각해. 아즈사가와한테서 전화를 받는 꿈이었거든."

"……그랬구나."

놀라기는 했다. 하지만 어디서부터 놀라면 될지 알 수가 없었기에, 불가사의하게도 머릿속은 냉정한 상태였다.

"나는 무슨 말을 했어?"

"갑자기 전화를 하더니, 오늘 요코하마 역에서 만나자고 말했어. 나에게 부탁할 일이 있대. 진지한 목소리였어. 그리고 스마트폰으로 전화가 왔었어. 해가 진 시간대에 말이야."

"내가 꾼 꿈과 확실히 겹치네."

다른 점은 전화를 건 쪽이냐, 전화를 받은 쪽이냐는 것뿐이다. 사쿠타 시점인지, 이쿠미 시점인지의 차이뿐이다. 그외에는 완벽하게 일치했다.

이런 우연이 있을 수 있을까. 물론 있을지도 모른다. 하지만 뉴스에서 거론될만한 상황이 벌어진 이상, 단순한 우연으로 치부할 마음이 전혀 들지 않았다.

"저기, 아즈사가와."

사쿠타가 생각을 정리하지 못하고 있을 때, 이쿠미가 먼저 입을 열었다.

"응?"

"저기 말이야. 나, 눈치챈 게 있어."

"꿈에 관한 거야?"

"그 꿈의 정체를 알 것 같아."

"정말······?!"

사쿠타가 갑자기 큰 소리로 말하자, 나스노가 소파 위에서 움찔했다.

"그 꿈, 실은—."

그 뒤에 이어진 이쿠미의 말을, 사쿠타는 전화기의 버튼을 지그시 응시하며 듣고 있었다. 하지만 사쿠타 본인은 버튼을 쳐다보고 있다는 걸 자각하지 못했다. 의식은 귀에 집중하고 있었다. 이쿠미의 말에 집중하고 있었다.

이쿠미의 말에는, 이쿠미이기에 눈치챌 수 있는 답이 담겨 있었다. 그 답을 듣고, 당혹스러운 마음이 들었다. 하지만 그 이상으로, 사쿠타는 내심 납득했다. 그 정도로, 이쿠미의 말은 꿈의 정체를 정확하게 추론했다고 느껴졌다.

"아카기의 말이니까, 진짜로 그럴지도 몰라."

3

크리스마스가 끝나자 마을에서 산타클로스와 순록, 그리고 트리 장식이 사라졌다. 그리고 그것을 대신하듯 연말 특유의 차분한 공기가 한파와 함께 밀려왔다.

마을도, 사람도, 올해 안에 마무리 지어야 할 일이 있는 것처럼 뒤숭숭했다. 추위에 몸이 움츠러든 채, 다들 빠른 걸음으로 길을 오가고 있었다. 뭔가에 쫓기는 듯한 초조함이 감돌았다.

매년 되풀이되는 연말 분위기다.

하지만 작년과 다른 점은, 올해 들어 생겨난 『#꿈꾸다』라는 말을 들을 기회가 늘었다는 점이다.

접속 장애 뉴스로 화려하게 지상파 데뷔를 한 『#꿈꾸다』는, 그 후로 활약의 무대를 와이드쇼로 바꾸면서 매일 같이 취재 대상이 되고 있다.

꿈이 현실이 됐다는 여고생의 체험담이 언급되고, 스튜디오에서는 그 오컬트 이야기에 해설자가 진지한 표정으로 자기 지론을 펼쳤다.

냉정하게 생각해보면 우스꽝스러운 이야기지만, 딱히 다룰 만한 사건이 없는 건지 의외로 시청률이 유지되는 건지는 몰라도 방송에서 이 일에 할애하는 시간이 날이 갈수록 늘어났다.

사쿠타의 주위에서도 『#꿈꾸다』는 존재감을 드러냈고, 매일같이 누군가의 꿈 이야기를 듣게 되는 연말을 보냈다.

12월 28일. 수요일.

올해 마지막 학원 강사 아르바이트를 할 때도 『#꿈꾸다』의 이야기를 들었다.

사쿠타가 학원에 도착하자마자…….

"선생님, 늦었잖아~."

……라고 불만의 목소리가 들려왔다.

프리스페이스에서 기다리고 있던 건, 사쿠타가 담당하는 학생 중 한 명이었다. 사쿠타의 모교인 미네가하라 고등학교에 다니는 1학년, 야마다 켄토다.

"야마다 군은 웬일로 일찍 왔네."

평소의 켄토라면 수업이 시작되기 직전에 올 것이다. 그리고 항상 가장 먼저 돌아간다. 자습실에서 혼자 공부하는 일은 상상도 안 될 정도로 공부를 질색한다. 하지만 지각은 한 번도 한 적 없으며, 불성실해 보이기는 해도 근본은 성실한 학생이다.

"사쿠타 선생님, 이쪽으로 좀 와 봐."

그런 켄토가 손짓을 하며 사쿠타를 프리스페이스의 벽 쪽으로 불렀다. 어쩔 수 없이 켄토에게 다가가 보니…….

"나, 오늘 수업 좀 빼먹어도 돼?"

느닷없이 그런 소리를 했다.

"일단 이유를 들려주겠어?"

사쿠타는 당연한 질문으로 답했다. 그러자 켄토는 주위에 사람이 없는지 확인한 후, 이어서 교무실 쪽을 훔쳐보듯 살폈다. 그리고 아무도 없다는 것을 알자…….

"선생님, 귀 좀 빌려줘."

……라고, 더 작은 목소리로 말했다.

"남자끼리 은밀한 이야기 같은 건 하고 싶지 않은데 말이지."

사쿠타는 불만을 입에 담으면서도, 이대로는 이야기가 진행되지 않을 테니 시키는 대로 했다.

"나, 크리스마스 이브날 밤에 꿈을 꿨어."

"어떤 건데?"

"그게…… 에노시마에서 요시와랑 데이트하는 꿈이야."

"그거 꿈만 같은 일이네."

"생멸치가 있는 걸 보면, 금어기가 끝나는 3말 말이나 4월 초일 거야. 소프트크림으로 『아~』 하기도 하고, 손을 잡기도……."

원래부터 작았던 목소리는 서서히 부끄러움에 파묻히고 있었다. 이윽고 켄토는 고개를 푹 숙이더니, 아무 말도 하지 않았다.

이야기는 도중이지만, 켄토가 하고 싶은 말이 뭔지는 알겠다.

"그래서, 지금은 요시와 양을 만나기 거북하니까 오늘 수업은 빼먹고 싶다는 거야?"

"그래!"

"도망치면, 더 부끄러워질걸?"

일단 솔직한 생각을 입에 담았다.

"선생님의 정론, 완전 짜증 나."

"이건 일반론이야."

"아무튼 부탁할게!"

켄토는 양손을 모으며 애걸복걸했다.

"야마다 군, 얼마 전까지는 히메지 양한테 빠져 있지 않았어?"

"우왓~! 선생님, 목소리가 너무 크잖아!"

"야마다 군이 더 큰걸."

당황한 켄토는 주위를 신경 썼다. 다행히, 지금도 이 프리 스페이스에는 사쿠타와 켄토 뿐이다. 교무실에는 사람이 있는 것 같지만, 자세한 대화 내용까지 들리지는 않을 것이다.

"그게, 히메지 양이 선을 그은 것 같달까……."

켄토는 삐친 듯한 표정을 짓더니, 그럴듯한 소리를 늘어놨다.

"무슨 일 있었어?"

"이브날 밤에…… 후지사와 역에서 마주쳤어."

사라는 크리스마스 이브에 사쿠타, 마이와 함께 다녔다. 돌아가는 길에 후지사와 역까지 데려다줬으니, 아마 그 후의 일이리라. 그리고 쥬리가 꾼 꿈에 따르면, 켄토는 크리스마스이브에 사라에게 차인다……고 했다.

"갑자기 『지금까지 오해하게 해서 미안해』 같은 소리를 하더니……. 히메지 양은 좋아하는 사람이 있대. 물론, 나는 아니라더라고."

"그래서 야마다 군은 어쩌고 싶어?"

"일단 메리 크리스마스라고 말했더니, 히메지 양이 웃어."

본인은 자각 못 했겠지만, 사라에게 있어서는 파인 플레이라 할 수 있는 한 마디 아니었을까. 사라가 나름대로 책임을 진 결과로 본다면, 충분히 「잘됐다」고 말할 수 있는 결말이란 생각이 들었다.

"그리고 하필이면 그날 밤에, 야마다 군은 요시와 양의 꿈을 꾼 거구나. 참 한창때네."

"잠자리에 들었더니 멋대로 그런 꿈이 보였단 말이야. 어쩔 수 없잖아."

"뭐, 그래도 야마다 군이 꿈을 꿨을 뿐이라면 아무 문제 없지 않을까? 어디까지나 꿈인걸. 애초에 야마다 군은 『#꿈꾸다』 같은 오컬트는 믿지 않는 것 아니었어?"

"믿지 않지만, 요시와도 같은 꿈을 꿨을지도 모르잖아! SNS에 그런 녀석이 잔뜩 있는걸!"

켄토는 오늘 의외로 감이 날카로웠다. 참고로 사쿠타와 이쿠미도 같은 꿈을 꿨다. 사쿠타의 꿈에는 이쿠미가 등장했고, 이쿠미의 꿈에는 사쿠타가 등장했다.

같은 논리로 본다면, 쥬리가 켄토와 에노시마에서 데이트하는 꿈을 꿨을 가능성도 있다. 만약 그렇다면 거북할 것이다.

"그래도 야마다 군이 꿈 같은 건 안 꿨다는 듯한 표정을 지으며 평범하게 행동하면 문제없잖아."

"선생님, 내가 그럴 수 있을 것 같아?"

"뭐, 무리라고 생각하면서도 한번 말해본 거야."

"너무해!"

"만약 요시와 양이 야마다 군과 같은 꿈을 꿨더라도 말이야. 요시와 양은 쿨하니까 아무 일도 없었다는 표정을 짓지 않을까? 그러면 야마다 군도 의식할 필요 없지 않겠어?"

"그건, 그래……."

사쿠타의 말에 켄토가 납득하려던 순간, 문이 열리면서 학생이 학원에 들어왔다. 지금 언급되고 있던 인물, 오키나와에서 열린 비치발리볼 대회에 참가하느라 피부가 살짝 탄 요시와 쥬리다.

그녀는 사쿠타와 켄토를 발견하더니, 놀란 것처럼 몸을 크게 떨었다. 눈빛이 흔들리더니, 노골적으로 사쿠타에게서 고개를 돌렸다. 아니, 켄토에게서 돌렸다. 그러는가 싶더니, 서둘러 교실 쪽으로 돌아갔다. 이 정도면 도망쳤다는 표현이 옳을 것이다.

"이거, 요시와 양도 완전히 같은 꿈을 꿨나 보네."

혼잣말 삼아 그렇게 중얼거린 사쿠타의 옆에는, 켄토가 얼굴에 새빨갛게 붉힌 채 서 있었다.

당연히, 이날 수업은 전혀 진도를 나가지 못했다. 켄토와 쥬리…… 서로가 서로를 의식하는 그 풋풋한 분위기가, 80분 동안 교실에 감돌았을 뿐이다.

그리고 수업이 끝나자마자, 두 사람 다 경쟁하듯 돌아갔다.

"새해 복 많이…… 내 말 아예 안 들리나 보네."

그런 두 사람을 배웅한 사쿠타는 리오에게 인계받은 토라
노스케와 단둘이 가볍게 면담을 했다. 면담이라고는 해도
프리스페이스에서 선 채, 잡담 형식으로 나눈 거지만…….

　"카사이 군, 내가 널 담당해도 정말 괜찮겠어?"

　"잘 부탁드립니다."

　커다란 몸을 작게 웅크린 토라노스케는 예의 바르게 고개
를 숙였다. 그런 면은 상하관계가 철저한 운동부다웠다.

　"후타바가 다니는 대학에 떨어져도, 나를 원망하지는 마."

　"크리스마스 이브날 밤에, 모의시험 결과가 최악인 꿈을
꿨어요."

　"양자역학에 따르면 미래는 결정된 게 아니라고 하니까,
우리 둘 다 힘내자."

　이렇게 되면, 무슨 수를 써서라도 합격시켜줄 수밖에 없
다. 적어도 사쿠타의 담당 과목이 발목을 잡는 일은 없게
해주자.

　그 후, 새해부터 시작될 수업의 일정을 상의하고 면담을
끝냈다. 하지만 돌아가려던 토라노스케가 갑자기 사쿠타를
불렀다.

　"아, 맞다. 아즈사가와 선생님."

　"응?"

　"사라 말인데, 감사합니다."

　"히메지 양에게 무슨 말 들었어?"

"어제, 부활동을 마치고 돌아오는 길에 집 앞에서 사라와…… 이런저런 이야기를 나눴거든요."

사라라면 사춘기 증후군과 키리시마 토코에 관한 부분은 적절히 생략하며 잘 이야기했을 것이다. 토라노스케도 「이런저런」이라고 말하는 것을 보면, 정말 이런저런 이야기를 나눴을 것이다. 소꿉친구 사이의 추억 이야기도 섞으면서 말이다. 그리고 그것은 토라노스케가 사라를 걱정하는 마음을 없애줄 정도의 효과는 있었던 것 같았다.

"후타바에 관해서는 무슨 말 듣진 않았어?"

"아, 네. 후타바 선생님이 한동안 사라를 담당하기로 했다고 들었어요."

그렇다. 그날 이야기한대로, 사라는 사쿠타가 아니라 리오가 담당하게 됐다. 하지만 사쿠타가 토라노스케에게 물은 것은 그 일이 아니다.

"그게 아니라, 카사이 군의 연애 문제에 관해서 말이야."

"아, 그게, 저기, 뭐랄까…… 자기를 차놓고, 남한테 차이면 용서 안 할 거란 말을 들었어요."

"히메지 양답네."

"네, 정말 그렇죠."

토라노스케는 난처한 표정을 지으며 고개를 깊이 끄덕였다.

이날은 이렇게 학원 강사 아르바이트가 끝났고, 토라노스케를 배웅한 후에 사쿠타도 퇴근했다. 이미 어두어진 하늘에,

옅은 구름이 떠 있었다. 때때로 구름 사이로 별이 보였다.

"그건 그렇고, 꿈에 관한 이야기를 너무 많이 듣네."

푸념이라도 늘어놓고 싶을 지경이다.

올해도 얼마 남지 않았다. 새해가 시작되면, 다들 『#꿈꾸다』를 잊어줄까.

그랬으면 좋겠다는 마음과, 그렇지 않을 거란 예감이 사쿠타의 마음속에 존재했다.

4

새해의 1월 3일.

그날 오후, 사쿠타는 마이를 데리고 요코하마 시내에 있는 본가에 얼굴을 비췄다.

새해 첫날과 2일에 비해 텐션이 진정된 정월 방송을 보면서, 어머니가 만든 떡국을 1년 만에 먹었다. 어제, 본가에서 묵은 카에데와 함께 말이다.

떡과 닭고기, 배추, 당근과 함께 홍백색의 멋진 카마보코 어묵이 들어 있었다. 정월에 맞춰 배송되도록, 하코네에서 돌아오는 길에 오다와라에서 주문해뒀던 것이다.

"마이 양, 카마보코를 보내줘서 고맙구나."

사쿠타가 떡국을 먹고 있을 때, 어머니가 마이에게 그렇게 말했다.

"어라, 내 이름으로 보내지 않았어?"

"그렇게 마음을 써주는 사람은 마이 양이잖니?"

마이는 아무 말 없이 미소로 긍정했다.

"역시 엄마야. 잘 안다니깐."

"정말……."

그런 사쿠타와 어머니의 모습을, 마이는 미소를 머금은 채 응시했다.

점심 식사를 마친 후, 식기 정리는 사쿠타와 아버지가 맡았다. 그리고 어머니와 카에데, 그리고 마이는 거실에서 정월 방송을 계속 보고 있었다.

방송 MC가 「그럼 뉴스를 보내드린 후, 방송을 이어가겠습니다」 하고 말한 후, 화면은 보도국에 있는 꽤 나이가 있는 남성 아나운서로 바뀌었다.

인사를 한 후, 차분한 목소리로 뉴스를 전했다.

"어제 새벽. 카나가와 현 요코하마 시의 주택가에서 차량 번호판을 훼손하며 돌아다니던 남자가 현행범으로 체포됐습니다. 인근 주민의 신고로 경찰이 출동했으며, 남자는 펜치 같은 연장으로 십여 대의 차량을 훼손하고 다닌 것으로 추정됩니다. 남자는 『4월까지도 취직을 못 하는 꿈을 꿨다. 화가 나서 범행을 저질렀다』란 취지의 진술을 한 것을, 경찰을 취재해 알 수 있었습니다. 남자의 것으로 추정되는 SNS 계정에는 작년 12월 25일에 『#꿈꾸다』란 태그를 붙여서 올

린 글이 있었으며, 사건과의 관련성과 자세한 경위에 대해
서는 앞으로의 수사로 명백해질 듯합니다. 이상, 보도국 뉴
스였습니다."

남성 아나운서의 인사로, 짤막한 뉴스 방송은 종료됐다.

화면이 정월 방송으로 바뀌자, 갑자기 텔레비전에서 활기
찬 목소리가 흘러나왔다.

"참 이상한 사건이구나."

어머니는 어처구니없다는 투로 그렇게 중얼거렸다.

"그렇네요."

마이 또한 고개를 끄덕였다. 그 외에는 할 말이 없었다.

그야말로, 이상한 사건이었다.

꿈에서 본 미래 때문에 화가 난 나머지, 타인의 차량에
화풀이한다는 게 말이 될 리 없다. 그런 말도 안 되는 사건
이, 평범한 뉴스 방송에서 나왔다.

솔직히 말해, 위화감만 느껴졌다.

하지만, 이게 지금 일어나고 있는 일이다. 현실에서 일어
난 사건이다. 인터넷의 오컬트 기사가 아니라, TV의 뉴스에
서 다루고, 경찰이 나서며, 그것을 취재하는 사람도 있다.

SNS의 접속 장애로 널리 알려지게 된 『#꿈꾸다』는 사쿠
타의 소망을 짓밟듯이 새해가 된 지금도 세상의 중심적 화
제 중 하나가 되고 있었다. 시간이 흐를수록 『#꿈꾸다』의 존
재감은 옅어지기는커녕 진해지고 있었다.

"그러고 보니, 마이 씨는 어떤 꿈을 꿨어?"

카에데는 별생각 없이 물었다. 꿈을 꿨다는 전제로 던진 질문이었다. 사쿠타는 그 말에서 위화감을 느끼지 않았다.

"나는 안 꿨어."

그 말에 대한 마이의 대답은 평범했다. 그날 아침에 들었던 것과 같은 대답이다. 이상한 점은 전혀 없다. 하지만 불가사의하게도, 사쿠타는 그 말이 묘하게 마음에 걸렸다.

"아, 그렇구나."

카에데도 뜻밖이라는 반응을 보였다. 그것은 카에데도 그날 꿈을 꾼 게 당연하다는 인식을 가지고 있다는 증거다.

왜냐하면, 수많은 젊은이가 크리스마스 이브날 밤에 꿈을 꿨다. 사쿠타도 꿨다. 카에데도 꿨다. 켄토와 쥬리, 토라노스케도 꿨다. 이쿠미는 사쿠타와 같은 꿈을 꿨다.

사쿠타의 주위에서 꿈을 꾸지 않은 건 마이 뿐이다. 카에데도 마찬가지일 것이다. 그래서, 마이의 대답을 듣고 어리둥절한 표정을 지은 것이다.

이것은 단순한 우연일까.

"자. 다음은 카나자와 현 에노시마에서의 중계입니다!"

TV에는 화사한 후리소데를 입은 여성 아나운서가 비쳤다.

그것을 본 어머니는 뭔가가 생각난 듯이 마이 쪽을 쳐다봤다.

"그러고 보니 마이 양은 올해지? 성인식, 이 아니라······

요즘은 스무 살 모임이라고 하지?"

"아, 네. 다음 주네요."

"후리소데를 입을 거니?"

"어제 갑자기 엄마가 찾아와서 『이걸 입으렴』이라고 말하며 두고 갔어요."

마이는 가방에서 스마트폰을 꺼내더니, 「이거예요」 하며 사진을 어머니와 카에데에게 보여줬다.

"와아, 색깔이 정말 화려해. 마이 씨에게 분명 어울릴 거야."

카에데는 감격한 목소리로 말했다.

"정말 멋지구나. 카에데가 스무 살이 되는 날도 벌써 기다려지네."

"나는 아직 한참 멀었거든?"

"앞으로 3년 후 아니니?"

"그러니까, 아직 멀었다는 거야."

마이와 카에데와 어머니…… 세 사람의 훈훈한 대화를 들으면서도, 사쿠타의 머릿속에는 여전히 아까 떠오른 의문이 남아있었다.

어째서, 마이는 꿈을 꾸지 않은 것일까.

오후 네 시가 지나면서 창밖이 어두워지기 시작하자, 사쿠타는 「슬슬, 돌아가볼게」라고 말하며 자리에서 일어났다. 옆에는 코트와 가방을 손에 든 마이가 서 있었다.

"저녁도 먹고 가지 그러니."

"나, 지금부터 아르바이트를 하러 가야 해. 다음에는 여유 있을 때 올게."

"오빠, 오늘도 일하지? 정월 연휴인데 말이야."

"내일과 모레도 일해."

그런 이야기를 나누면서 현관을 나서니, 하늘의 절반이 어둠으로 뒤덮여 있었다. 서쪽 하늘은 어렴풋이 오렌지색으로 물들어 있었고, 거기서 동쪽을 향해 옅은 푸른색을 띤 부분을 지나서 군청색을 띤 밤의 경치로 변화했다.

"그럼 또 올게."

"실례했습니다."

맨션 밖까지 배웅을 나온 아버지와 어머니, 그리고 카에데를 향해 손을 흔든 사쿠타와 마이는 차를 세워둔 인근 주차장으로 향했다.

세 시간 동안의 주차 요금을 낸 후, 마이는 차를 몰았다.

내비게이션 화면에는 후지사와까지의 귀갓길이 표시되어 있었다.

"마이 씨, 스마트폰 좀 빌려도 돼요?"

빨간 신호에 걸려서 차가 서자, 사쿠타는 그렇게 물었다.

"좋아."

핸들을 쥔 마이를 대신해, 사쿠타는 뒷좌석의 핸드백에서 토끼 귀 커버가 씌워진 스마트폰을 꺼냈다.

"폰, 잠겨 있는데요?"

"화면을 내 쪽으로 들어."

마이의 얼굴을 인식한 스마트폰은 바로 잠금이 해제됐다. 기특한 스마트폰이다.

신호가 파란색으로 바뀌면서 차가 달리기 시작하자, 조수석에 앉은 사쿠타가 전화를 걸었다.

첫 연결음이 끝나기도 전에 전화가 연결됐다.

"언니, 왜? 무슨 일이야?"

들려온 것은 텐션이 높은 노도카의 목소리였다.

"나야."

"왜? 무슨 일 있어?"

사쿠타가 입을 열자마자, 노도카의 텐션은 산꼭대기에서 산기슭까지 추락했다. 아니, 골짜기 밑바닥까지 굴러떨어졌다.

"지금, 통화 가능해?"

"댄스 레슨 도중의 휴식 시간이라 전화를 받은 거야."

불만 어린 어조는 용건을 빨리 말하라고 사쿠타에게 윽박지르는 것 같았다.

"새해 시작되고 사흘밖에 안 됐는데, 참 열심이네."

"다음 라이브가 코앞이거든. 그것보다, 무슨 일이야?"

"토요하마도 이브날 밤에 꿈을 꿨어?"

사쿠타가 그렇게 묻자, 핸들을 쥔 마이가 한순간 옆을 쳐다봤다. 하지만 곧바로 앞에서 달리는 차를 향해 시선을 돌렸다. 귀만 사쿠타의 목소리에 기울이고 있었다.

"뭐? 갑자기 무슨 소리야?"

"빨리 대답이나 해."

"꿨어. 요코하마의 홀에서 라이브를 하는 꿈이야. 우즈키도…… 아니, 우리 멤버 전원이 같은 행사장에서 라이브를 하는 꿈을 꿨어."

"그거 대단하네."

"뭐, 4월 1일에 거기서 라이브를 하는 일정은 그 전에 잡혀 있었거든. 그래서 다들 딱히 놀라진 않았어."

"아니, 좀 놀라는 게 어때?"

우즈키가 「우와, 대단해! 우리는 역시 운명으로 이어진 사이인가 봐!」 하고 말하면, 그걸로 그 이야기는 끝날 듯한 느낌도 들지만…….

"그런데 사쿠타는 왜 그런 걸 묻는 거야?"

"단순히, 꿈을 꿨는지 물어보고 싶었을 뿐이야."

그러니 용건은 이미 끝났다. 꿈을 꿨는가, 꾸지 않았는가. 노도카는 꿨다. 우즈키도 꿨다. 스위트 불릿의 다른 멤버도 꿨다. 지금은 그것만 알면 충분했다.

"쉬는 데 방해해서 미안해. 그럼 끊을게."

"어, 잠깐만……!"

볼일을 마친 사쿠타는 그대로 전화를 끊었다. 노도카가 무슨 말을 하는 도중에 끊었으니, 다시 전화가 걸려올지도 모른다. 하지만 10초 정도 기다렸는데도 스마트폰을 울리지 않았다. 휴식 시간이 슬슬 끝난 걸지도 모른다. 딱히 별일 아니라고 여긴 걸지도 모른다. 사쿠타도 전화가 걸려오든 걸려오지 않든 별 상관없었다.

"마이 씨, 잘 썼어요."

빌린 스마트폰을 마이의 핸드백에 집어넣었다.

그 타이밍을 기다린 것처럼, 마이가 입을 열었다.

"사쿠타는 내가 꿈을 안 꾼 게 마음에 걸리는 거야?"

"내 주위 사람 중에서는 마이 씨뿐이거든요."

"나는 사쿠타가 이상한 꿈을 꾼 게 더 신경 쓰이거든?"

"뭐, 그건 그렇지만……."

마이의 주장이 옳았다. 이상한 것은, 이상한 꿈을 꾼 사쿠타다. 카에데와 이쿠미, 노도카와 우즈키, 켄토와 쥬리가 이상한 것이다.

"꿈을 꾸지 않은 건 사쿠타의 아버지와 어머니도 마찬가지잖아."

확실히 아버지와 어머니는 그렇게 말했다. 현실처럼 느껴지는 꿈은 꾼 적이 없다고 했다.

"하지만 아버지와 어머니는 어른이니까요. 사춘기라고 할 나이가 아니잖아요."

그 꿈이 사춘기 증후군이라면, 사춘기에 해당하는 인간만 발병할 것이다. 그게 몇 살까지인지는 알 수 없지만…….

"그럼, 나는 이제 사춘기가 아닌 걸지도 몰라."

마이는 당연한 듯이 그렇게 말했다. 그 발언에는 들리는 것 이상의 설득력이 있었다.

"마이 씨는 여러모로 어른이니까요."

"사쿠타도 빨리 어른이 돼."

마이는 웃으면서 농담 투로 말했다.

"그러면 사춘기 증후군으로 고민하는 일도 없어질 거잖아?"

그게 가장 좋은 해결책인 것은 틀림없다. 문제는, 어른이란 무엇인지 정의할 수 없다는 점이다. 정신이 불안정한 젊은이가 사춘기 증후군에 걸리는 만큼, 나이를 먹으면 어른이 된다고 할 수도 없다. 이런 경우에는 내면이 성장해야만 어른이라 할 수 있을 것이다. 그렇게 생각하면, 마이는 명백히 어른에 해당한다고 할 수 있을 것이다.

"……즉, 마이 씨의 말대로인 거네요."

"응?"

"문제가 있는 건, 이상한 꿈을 꾼 우리예요."

"사쿠타의 경우에는, 나한텐 안 보이는 산타클로스가 보이는 것도 포함해야 하지 않을까?"

"그 말을 들으니, 나는 정말 위험한 애 같네요."

객관적인 시점에서 보더라도, 진짜 위험하다.

"그런 남친을 이해해주는 멋진 여친에게 조금은 감사하는 게 어때?"

"일단 기말시험이 끝나면 교습소에 다녀서, 운전 정도는 대신 해줄 수 있게 될까 해요."

오늘까지 감추고 있었던 비밀을 이 자리에서 하나 폭로하자……

"그래서 겨울방학 동안에 아르바이트를 그렇게 많이 한 거구나."

마이는 그렇게 말하며 웃음을 터뜨렸다.

5

이틀 후인 1월 5일. 이날, 사쿠타는 오후 다섯 시부터 패밀리 레스토랑 아르바이트를 하기로 되어 있었다. 1월 2일부터 계산해서 나흘 연속 근무다. 이 모든 것은 교습소에 다닐 자금을 조달하기 위해서다.

겨울 추위 탓에 몸을 웅크리며, 문을 열고 가게 안으로 들어갔다.

"어서 오세요."

딸랑거리는 종소리에 이어서, 밝고 활기찬 목소리가 들려왔다. 마중해준 이는 아담한 체구의 웨이트리스였다. 어제까지는 이 가게에서 보이지 않던 여고생이다. 하지만, 사쿠타는 이 상대를 잘 안다.

"나는 손님이 아니니까, 『안녕하세요』가 맞아."

아르바이트 선배로서, 가슴에 『연수 중』이라는 배지를 찬 히메지 사라에게 그렇게 말해줬다.

"선생님은 우선 좀 놀라는 게 어때요? 보통은 『왜, 여기 있는 건데?』라든가 『갑자기 무슨 일이야?』 같은 반응을 보여야 하는 거 아니에요?"

사라는 토라진 듯한 표정으로 사쿠타에게 항의하듯 말했다.

"여기서 아르바이트를 시작한 거지? 그 정도는 딱 보면 알아."

"정말, 재미없는 사람이네요."

사쿠타가 예상했던 반응을 보여주지 않자, 사라는 불만이 가득 쌓인 것 같았다. 사쿠타는 그런 사라의 말을 한 귀로 흘려들으며 가게 안쪽으로 향했다. 인사를 하며 주방 앞을 지난 후, 휴게실에 들어갔다.

뒤편에서 사라의 발소리가 졸졸 따라왔다.

"선생님. 이 유니폼, 귀엽지 않나요?"

"잘 어울려."

사쿠타는 뒤를 돌아보지 않으며 그렇게 대답했다.

"정말요? 만세!"

하지만 사라는 손뼉을 치며 기뻐했다.

로커 뒤편으로 가서 웨이터 복장으로 갈아입었다. 우선 옷을 벗어서 팬티 한 장 차림이 됐다.

"아, 그러고 보니 히메지 양."

셔츠 소매에 손을 집어넣고 단추를 채우면서, 로커 너머를 향해 말을 건넸다. 아직 휴게실 안에 사라의 기척이 남아있었다.

"왜요?"

"이브날 밤에 꿈을 꿨어?"

"꿨어요."

"어떤 꿈인데?"

"친구와 에노시마에 놀러 가는 꿈이었어요."

"에노시마, 구나."

그 장소는 켄토가 본 꿈과 똑같았다. 아마, 쥬리와도 같을 것이다.

"설마 꿈속에서 야마다 군을 본 건 아니지?"

단추를 잠근 사쿠타는 바지에 발을 하나 집어넣었다.

"봤어요. 요시와 양과 데이트하고 있었어요. 저를 좋아한다고 했으면서 말이에요. 야마다 군은 진짜 너무하다니까요."

"히메지 양이 선을 그었으니까, 마음을 바꾼 거야."

벨트를 차고, 앞치마의 끈을 묶은 사쿠타가 로커 뒤편에서 나왔다.

"야마다한테 들었나 보네요. 제가 사쿠타 선생님에게 차인 날의 일 말이에요."

사라는 일부러 그렇게 돌려 말하면서 입술을 삐죽 내밀었다.

"뭐?"

바로 그때, 당황한 목소리가 들려왔다. 그 목소리는 사쿠타의 것도, 사라의 것도 아니었다.

휴게실 입구에는, 웨이트리스 차림을 한 토모에가 서 있었다.

아무래도 「차인 날」이라는 부분을 들은 것 같았다. 그래서 토모에는 당황한 목소리를 낸 것이다.

"코가, 왜 그래?"

일단 아무 일도 없었던 것처럼 말을 건넸다.

"그게 말이야, 히메지 양에게 카운터 업무를 가르쳐주려고 했는데, 플로어에 없지 뭐야."

아무래도 사라를 찾으러 온 것 같았다.

"그럼 그건 사쿠타 선생님에게 배울게요."

일부러 사쿠타의 옆으로 다가온 사라가 팔꿈치 언저리를 움켜잡았다. 토모에의 시선은 무의식적으로 사쿠타를 잡은 사라의 오른손을 향했다.

"선배, 뭐 하고 있는 거야?"

토모에가 날카로운 눈길로 노려보았다. 어딘가 언짢아 보이는, 그리고 토라진 듯한 표정을 지으며……

"아, 토모에 선배. 혹시 질투하는 거예요?"

사쿠타가 대답하기도 전에, 사라가 놀리는 듯한 어조로 그렇게 말했다.

"아, 아니거든?!"

"하지만 당황한 것 같은데요? 혹시 사쿠타 선생님과 토모에 선배는 옛날에 무슨 일 있었어요?"

사라는 짐작하고 있으면서 일부러 그렇게 물었다. 얼마 전까지, 사라는 남의 마음을 들여다볼 수 있었다. 사쿠타와 토모에의 단편적인 생각을 끼워 맞춰 본다면, 자연스럽게 두 사람 사이에서 무슨 일이 있었다는 걸 알 수 있으리라. 구체적인 내용까지는 모르더라도 말이다.

"아무 일도 없었어. 자, 카운터로 가자."

토모에는 딱 잘라 그렇게 말한 후, 플로어로 돌아가려 했다.

"아, 잠깐만 기다려주세요. 사쿠타 선생님에게 할 말이 하나 있어요."

그렇게 말한 사라는 호주머니에서 스마트폰을 꺼내 조작했다.

"이거, 말인데요……. 사쿠타 선생님은 알고 있었어요?"

옆에 있는 사라가 스마트폰 화면을 보여줬다.

화면에 표시된 것은 SNS였다. 『#꿈꾸다』 태그가 붙은 글이 나열되어 있었다.

─사쿠라지마 마이가 키리시마 토코라고 커밍아웃. 4월 1일. 아카렌가 창고 음악 페스티벌 #꿈꾸다

─밴드의 게스트 보컬로 무대에 선 사쿠라지마 마이가 키리시마 토코의 노래를 불렀어. 게다가, 자기가 키리시마 토코라고 발표! #꿈꾸다

─왠지 같은 꿈을 꾼 사람, 꽤 있네. 나도 꿨어. 음악 페스

티벌에서 사쿠라지마 마이가 키리시마 토코라고 말하는 꿈 #꿈꾸다

—이 정도면 확정이네. 키리시마 토코의 정체는 사쿠라지마 마이 #꿈꾸다

그런 글이 끝도 없이 이어졌다.

화면을 십여 번이나 스크롤했는데도, 끝이 보이지 않았다.

그럴 만도 했다.

"이런 글이 5,000개가 넘게 올라왔는데요……."

섬뜩한 느낌을 받은 건지, 이 사실을 알려준 사라의 목소리에는 사쿠타의 반응을 살피는 듯한 신중함이 어려있었다. 단순한 우연으로 치부할 수 없다. 범상치 않은 일이 일어나고 있다는 감정이, 사라의 진지한 표정에 드러나 있었다.

"일단 5,000개는 너무 많네."

그것이 사쿠타의 솔직한 감상이었다.

이날의 아르바이트 중에는 사라가 알려준 5,000개가 넘는 글이 머릿속에서 떠나지 않았다.

음악 페스티벌의 꿈을 꿨다는 이야기.

관객으로 참가했다는 이야기.

하나같이, 사쿠라지마 마이가 무대 위에서 자기가 키리시마 토코라고 커밍아웃을 했다는 꿈을 이야기하고 있었다.

사쿠타가 본 꿈의 내용과 일치했다. 아마, 완벽하게 똑같

을 것이다. 시점만 다를 뿐이다.

즉, 그 글 하나하나는 그 자리에 있던 관객 한 명 한 명의 꿈……이리라.

사쿠타와 이쿠미가 같은 타이밍의 꿈을 꾼 것처럼, 오천 명이 넘는 사람이 그 순간의 미래를 동시에 꿈에서 본 것이다.

이렇게까지 되면, 불가사의하다는 말만으로 표현하는 건 좀 어렵다. 섬뜩하다는 게 사쿠타의 본심이다.

그래서 조금이라도 여유가 생기면 SNS의 글을 계속 생각하게 됐다. 그러면서 아르바이트 시간을 흘려보냈다.

아르바이트비는 아르바이트비대로 벌면서…….

오후 아홉 시가 되자, 고등학생인 토모에와 사라는 일을 마쳤고 플로어는 사쿠타와 점장, 그리고 다른 한 명의 대학생 아르바이트가 맡았다. 오늘이 아르바이트 첫날인 사라는 미소 지으며 「먼저 실례할게요, 사쿠타 선생님」이라고 말한 후, 손을 흔들며 돌아갔다.

그 후로 시간이 금방 흐르더니, 사쿠타도 일을 마칠 시간이 됐다. 오늘 밤은 손님이 적은 편이어서 점장에게 「정시에 마치도록 해」란 말을 아홉 시 반에 들었다.

그 말에 따라 딱 열 시에 「먼저 실례하겠습니다」 하고 인사한 사쿠타는 앞치마를 벗으며 가게 안쪽으로 들어갔다.

옷을 갈아입기 위해 로커가 있는 휴게실에 들어갔다. 그러자 아무도 없을 줄 알았던 실내에 여고생 한 명이 남아있었다. 스마트폰을 보고 있는 사람은 바로 토모에였다.

"코가, 아직 있었어?"

"아, 선배."

"스마트폰 그만 보고 빨리 돌아가."

"할 이야기가 있어서 기다리고 있었던 거야."

스마트폰에서 눈을 뗀 토모에가 그렇게 말했다.

"뭔데? 나한테 불평이라도 하려고?"

사라에 관한 것일까. 그 일로 불평을 들을 듯한 느낌이 들긴 했었다. 하지만, 토모에가 한 말은 전혀 다른 이야기였다.

"선배, 『#꿈꾸다』 태그의 글이 신경 쓰이는 거지? 그럼 내가 꾼 꿈도 이야기해주는 편이 좋겠다는 생각이 들었어."

사쿠타를 응시하는 토모에의 눈빛은 진지했다. 사쿠타의 아르바이트가 끝날 때까지 일부러 기다린 것도 신경 쓰였다. 아마, 아르바이트 도중에 지나가는 투로 할 이야기가 아니라서 끝날 때까지 말하지 않았던 것이다. 그렇다면, 장소를 옮기는 편이 좋을지도 모른다.

"금방 옷 갈아입을 테니까 잠시만 기다려줘. 여기서는 좀 그러니까, 귀가하면서 이야기하자."

"알았어."

토모에는 고개를 끄덕이면서 그렇게 대답했다.

가게를 나선 사쿠타와 토모에는 후지사와 역 쪽으로 걸음을 옮겼다.

"코가도, 이브날 밤에 꿈을 꿨구나."

"왠지 다들 꿈을 꾼 것 같아. 나도, 같은 반 친구들도…… 꿈을 안 꿨다는 사람은 못 봤다니깐."

같은 세대에 한정된 이야기겠지만, 사쿠타가 알기로도 「꿈을 안 꿨다」고 말한 사람은 현재 마이 뿐이다. 토모에의 주위에도 꿈을 안 꾼 사람이 없다면, 역시 꿈을 안 꾼 게 희귀 케이스일 것이다.

역 앞을 지나서 역 동쪽으로 걸어갔다. 서서히 인파가 줄어들자, 사쿠타는 본론에 들어갔다.

"그런데 코가도 마이 씨가 커밍아웃하는 꿈이라도 꾼 거야?"

"그게 아냐."

"그럼 뭔데?"

"내가 꾼 건, 4월 1일 이전의 꿈이었어."

"언제야?"

"2월 4일."

꽤 명확한 날짜가 나왔다. 아직 사쿠타는 그 말을 듣고 짚이는 것이 딱히 없었다. 절분의 다음날……이라는 것 이외의 정보는 딱히 없었다.

"그 날에 무슨 일이 일어났는데?"

"사쿠라지마 선배가, 후지사와 경찰서의 이벤트로 일일 경찰서장을 맡았는데…….”

“그래?”

사쿠타는 아직 그런 이야기를 듣지 못했다.

“이벤트 도중의 사고로 의식불명의 중태에 빠졌다는 뉴스를, 꿈속에서 봤어.”

이것도, 처음 듣는 이야기였다.

“정말이야?”

“이런 걸로 거짓말을 할 리 없잖아.”

“그것도 그래.”

“쓰러지는 기자재에 깔린 탓에 병원에 옮겨졌다고, 뉴스에 나왔어.”

어디까지나 꿈속의 이야기다. 그것을, 토모에는 진짜로 본 것처럼 심각한 어조로 이야기했다. 표정 또한 진지하기 그지없었다.

일일 경찰 서장 이야기도, 기자재에 깔렸다는 이야기도, 『#꿈꾸다』에는 없었던 정보다. 마이에게 관한 글은, 4월 1일의 음악 페스티벌에서의 커밍아웃에 집중되어 있었다.

사쿠타가 꾼 꿈도 그랬다. 이쿠미가 꾼 꿈도, 같은 날의 비슷한 시간대였다.

“병원에 옮겨진 마이 씨가, 그 후에 어떻게 됐는지는 모르지?”

“적어도 4월 9일까지는 의식이 돌아왔단 발표는 없었어.”

"......뭐?"

무심코, 얼이 나간 목소리를 냈다. 방금, 토모에가 뭐라고 했지.

"그러니까, 4월 9일까지는 아무런 발표도 없었단 말이야."

아무래도, 사쿠타가 잘못 들은 게 아닌 것 같았다.

"선배에게 물어봐도 자세한 건 이야기해주지 않았어."

꿈속에서의 일을 가지고, 토모에는 지금 이 자리에 있는 사쿠타에게 불만을 표시했다.

아니, 그 이전에 여러모로 이상했다.

대체 토모에는 무슨 이야기를 하는 것일까.

사쿠타가 꾼 꿈과 『#꿈꾸다』에 적힌 이야기는, 구체성과 볼륨이 너무 달랐다. 완전히 동떨어져 있었다. 게다가 꿈속에서 자신의 의지로 사쿠타와 연락을 취하려 했다. 마치, 꿈속에서 평범하게 생활한 것처럼......

"저기, 코가."

"왜?"

"그렇게 며칠이나 꿈속을 체험한 거야?"

비슷한 경험을, 사쿠타도 전에 한 적이 있다. 그것도 토모에와 함께 말이다. 고등학교 2학년 여름. 같은 나날을 몇 번이나 되풀이한, 불가사의한 추억......

"그게, 며칠이 아니라......"

토모에는 고개를 돌리더니, 더는 말하기 싫다는 표정을

지었다.

그래서, 사쿠타는 눈치챘다.

"설마 이브날 밤부터 4월 9일까지를, 전부 꿈에서 본 거야?"

"그렇다면, 뭐 어쨌는데?"

토모에는 삐친 듯한 말투로, 사쿠타의 말을 긍정했다.

예전에 토모에가 걸렸던 사춘기 증후군. 미래의 시뮬레이션. 라플라스의 소악마가 재림한 것이다.

"딱히, 이번에는 같은 날을 몇 번이나 반복하지도 않았단 말이야."

토모에는 변명이라도 하듯 앞을 쳐다보며 그렇게 말했다.

"혹시, 곧 고등학교를 졸업하니까 『대학에서 친구가 생길지 걱정』…… 같은 불안을 느낀 거 아냐?"

"시끄러워."

토모에는 정곡을 찔린 건지 볼을 부풀렸다.

"선배는 어때?"

"응?"

"대학에서 친구가 늘어났어?"

토모에가 억지로 이야기를 돌리려 했다.

"뭐, 자주 이야기하는 애라면 한두 명 정도 있어."

타쿠미는 친구라고 표현해도 문제없을 것이다. 만약 아니라고 말한다면, 타쿠미가 호들갑을 떨며 놀랄 게 틀림없다.

다른 한 명인 미오리는 자기 입으로 「친구 후보」라고 말하는 단계다. 그러니 아직 친구는 아니라고 생각한다. 사쿠타는 친구라도 딱히 상관은 없지만…….

"하지만, 고등학생 때와는 느낌이 좀 다른 것 같긴 해."

"어떻게 다른데?"

"쿠니미나 후타바처럼 서로에 대해 자세히 아는 것도 아니지만, 그런데도 어울리고 다녀."

고등학생 시절에는 서로의 활동 영역이 겹치는 만큼 인간관계의 밀도가 이제까지보다 높았던 것 같은 느낌이 들었다. 누가 어디쯤 살고 있는가…… 같은 정보도, 자기도 모르는 사이에 자연스레 알게 됐다. 그런 밀접함이 존재했다.

하지만 대학에 들어가면서 활동 영역이 확 늘어났고, 그 탓에 겹치는 부분이 거의 없다고 해도 과언이 아니게 됐다. 캠퍼스를 나서면, 누가 어디서 뭘 하는지 전혀 알 수 없다. 그런 거리감이 인간관계의 밀도를 낮게 만들었다.

그것이 좋다, 나쁘다 같은 게 아니다.

그저, 환경이 그렇게 바뀌었을 뿐이다.

그 안에서 다들 적당한 거리를 유지하며, 서로에게 상처를 주지 않도록 원만하게 지내고 있다.

"흐음~. 그렇구나."

토모에는 사쿠타의 이야기에 귀를 기울이고 있었지만, 그 대답에는 감정이 어려있지 않았다. 아직 이해가 안 된다는 표정을 짓고 있었다.

"코가는 또 조바심이 나서, 자기한테 안 맞는 그룹에 들어가지 않도록 조심해."

"그때는 매일 선배에게 푸념을 늘어놓을 거야."

"일주일에 한 번 정도만 해."

"아, 여기까지면 돼."

토모에는 T자 갈림길 앞에서 걸음을 멈췄다. 왼쪽으로 가면 토모에의 집이 있고, 오른쪽으로 가면 사쿠타의 집이 있다.

"코가, 오늘은 고마웠어. 큰 도움이 됐다고."

소악마의 재발동이 조금 걱정되지만, 덕분에 중요한 사실을 하나 알았다.

"그럼 다음에 유통기한 두 시간인 몽블랑을 사줘."

"열 개면 돼?"

"하나면 돼!"

"사양하지 마."

"정말, 답례를 할 거면 평범하게 하란 말이야."

"나는 섬세한 남자거든."

"그래그래. 그럼 또 봐, 선배."

어처구니없다는 표정으로 손을 흔든 토모에가 걸음을 내디뎠다. 한동안 그 뒷모습을 보고 있자, 토모에는 난처한 표정을 지으며 뒤돌아봤다.

"부담돼서 못 걷겠어."

그렇게 말한 토모에는 사쿠타도 빨리 돌아가라는 듯이 반대편 길을 손가락으로 가리켰다. 그리고 사쿠타의 시선에서 빨리 사라지려는 듯이 달려갔다. 덕분에 금방 그 뒷모습이 시야에서 사라졌다.

"정말, 코가는 아무리 봐도 질리지 않네."

혼잣말을 중얼거린 후, 토모에와는 반대 방향의 길로 걷기 시작했다. 주택가 안을, 사쿠타는 발소리를 내며 걸었다. 숨소리만이 들려왔다.

그저 아르바이트를 했을 뿐인데, 오늘은 또 묘한 이야기를 들었다.

사라가 가르쳐준, 사쿠타와 같은 꿈을 꾼 이들의 존재.

그리고, 토모에가 본 미래의 시뮬레이션.

영문 모를 일이 연이어 벌어지는 가운데, 딱 하나 맞춰진 퍼즐 조각이 있다.

마이가 의식불명의 중태에 빠진다.

토모에가 본 그 미래는 『마이 씨가 위험해』라는 메시지와 정확하게 맞물렸다. 그것을 미리 알아서 정말 다행이다. 기자재에 깔리는 거라면, 막는 것도 어렵지 않으리라.

영문을 모르는 일이 많은 가운데, 그 하나만큼은 안심할 수 있었다.

하지만, 신경 쓰이는 점도 당연히 있었다. 또 하나의 메시지…… 『키리시마 토코를 찾아』는, 아직 퍼즐 조각이 맞춰지지 않았다.

게다가 사쿠타가 꾼 꿈속에서, 마이는 어째서 자기가 키리시마 토코라고 말한 것일까. 그것도 영문을 알 수 없었다.

대체 무엇과 무엇이 연관되어 있고, 무엇과 무엇이 연관되어 있지 않은 것일까.

생각하기만 해도 머릿속이 복잡해졌다.

"진짜, 영문을 모르겠네……."

무의식적으로 중얼거린 그 혼잣말은, 사쿠타의 심경을 정확하게 표현하고 있었다.

이날 밤, 마이에게서 전화가 왔다.

별것 아닌 대화 속에서…….

"아, 맞다. 2월 4일에 일일 경찰서장을 맡기로 했어."

……라고, 마이는 사쿠타에게 알려줬다.

토모에의 말대로 되어가고 있는 것이다.

6

겨울방학이 끝나고 1월 6일부터 대학이 재개됐다.

사쿠타는 아침부터 준비를 마친 후, 1교시 수업에 늦지 않도록 집을 나섰다. 후지사와 역에서 우선 토카이도 선을 타고 요코하마 역으로 향했다. 그곳에서 케이큐 선으로 갈아탄 후, 카나자와 핫케이 역에서 내렸다. 집을 나서고 약 한 시간 걸리는 통학 루트다.

플랫폼은 당연한 듯이 학생들로 붐비고 있었다. 수많은 이들이 줄지어 개찰구로 향하고 있었다. 사쿠타도 그런 이들의 일부가 됐다.

매일 아침 본 익숙한 경치다. 대학생으로서의 일상이 되돌아온 것을 실감할 수 있었다.

하지만, 이날의 사쿠타는 약간의 위화감을 느꼈다.

뭔가가 다르다.

평소 이상으로 시선이 느껴졌다. 사쿠라지마 마이의 남친……이란 이유로 평소에 받던 주목을 능가했다.

의아하게 생각하며 개찰구를 통과한 후, 역 서쪽으로 이어지는 계단을 내려갔다. 묘한 거북함을 느끼면서 선로를 따라 길을 걷고 있을 때, 누군가가 쫓아오는 발소리와 함께 자신을 향한 말이 들려왔다.

"아즈사가와, 새해 복~."

사쿠타의 옆에 선 이는 그와 마찬가지로 통계과학부에 속한 후쿠야마 타쿠미였다. 검은색 다운재킷 사이로, 눈에 띄는 오렌지색 머플러가 보였다.

"새해 복 많이 받으세요."

"올해 잘~."

"올해도 잘 부탁합니다."

담담한 어조로 신년 인사를 건넸다.

"되게 성실하네."

"인사는 제대로 하라고, 세상에서 가장 귀여운 여친이 시켰거든."

"그거 부러운걸."

타쿠미는 사쿠타의 농담을 덥석 믿었다. 뭐, 따지고 보면 농담으로 치부하기 좀 어려운 면도 있지만 말이다.

"아, 맞다. 세상에서 가장 귀여운 사쿠라지마 씨말인데, 그게 진짜야?"

"뭐가 말이야?"

유명인인 마이에게는 화젯거리가 뒤따르는 법이다.

"키리시마 토코가 실은 그녀라며 SNS에서 떠들썩하잖아."

"꿈에서 미래를 봤다, 같은 걸 진짜로 믿는 건 좀 그렇지 않아?"

"하지만 이 집단 미래시는 현실이 된다며 화제라고."

타쿠미가 스마트폰 화면을 보여줬다. 뉴스 사이트에 실린 기사다. 제목에는 『집단 미래시』라는 낯선 문구가 적혀있었다. 기사 내용은 과거에 비슷한 일이 해외에서 있었다고 소개하면서, 크리스마스에 많은 젊은이가 꾼 꿈에 대해 그럴듯하게 해설하고 있었다. 하지만 읽어봐도 의미는 잘 모르겠는데…….

"후쿠야마는 어떤 꿈을 꿨어?"

"나는 홋카이도로 돌아갔지."

"왜, 홋카이도야?"

"집이 거기 있거든."

타쿠미는 태연한 표정으로 그렇게 대꾸했다.

"그건 처음 듣는걸."

"나, 자기소개 때 틀림없이 말했거든?"

"하지만 홋카이도에서 우리 대학에 진학하는 게 유행하고 있는 거야?"

키리시마 토코…… 이와미자와 네네의 프로필에도 홋카이도 출신이라고 적혀 있었다.

"왜 그렇게 생각하는데?"

타쿠미는 아무것도 모르기에. 그 질문의 의도를 모르겠다는 표정을 짓고 있었다.

"얼마 전에, 홋카이도 출신의 학생을 알게 됐거든."

"아즈사가와가 알게 된 애라면, 귀여운 여자애겠네."

타쿠미는 몸을 쑥 내밀며 관심을 보였다. 사쿠타는 그가 다가온 만큼 몸을 슬쩍 뺐다.

"마이 씨만큼은 아니지만 말이야."

"소개해주지 않겠어?"

가능하면 그러고 싶지만, 물리적으로 그것은 불가능하다. 왜냐하면, 그녀는 사쿠타에게만 보이기 때문이다. 그런 어이없는 이유를 진지한 표정으로 말했다간 정신이 나갔다는 오해를 살 수 있기에, 당연히 타쿠미에게 이야기하지는 않았다. 이럴 때는 이야기를 적당히 돌리는 게 최고다.

"후쿠야마는 왜 우리 학교를 선택한 거야?"

수도권으로 가고 싶을 뿐이라면, 선택지는 잔뜩 있었을 것이다. 일부러 요코하마 시내에 있는 시립대학을 선택한 데는 명확한 이유가 있더라도 이상하지 않다.

"노골적으로 이야기를 돌리지 마. 그 애, 꽤 귀여운 거지?"

유감스럽게도, 타쿠미는 질문에 답해주지 않았다. 사랑에 굶주린 것 같았다.

"알았어. 상대방이 오케이하면, 소개해줄게."

"정말? 나, 아즈사가와와 친구라 다행이야."

상대가 투명 인간이라는 사실을 알아도, 타쿠미는 기뻐해 줄까.

그런 생각을 하면서, 정문을 통과했다.

오래간만에 캠퍼스를 찾았다.

잎이 다 떨어진 은행나무로 된 가로수길을 나아갔다.

"어이, 아즈사가와."

"응?"

"그러고 보니, 나는 왜 이 대학에 들어온 걸까?"

"……."

농담을 하는 거라고 생각하며 타쿠미의 얼굴을 쳐다보니, 그는 미간을 찌푸리며 생각에 잠겨 있었다.

"저기, 후쿠야마."

"응?"

"머리, 괜찮아?"

아무리 생각해도, 문제가 있단 생각이 들었다.

그렇게 결론을 내렸을 즈음, 사쿠타와 타쿠미는 강의가 있는 건물에 도착했다.

이날은 교내 모든 곳에서 시선을 느꼈다.

수업 중인 강의실에서도, 복도를 이동할 때도, 식당에서 카레를 먹을 때도…… 누군가의 의식이 사쿠타를 향하고 있었다. 그 눈길은, 그 시선은 「사쿠라지마 마이는 키리시마 토코인가?」라는 무언의 질문을 사쿠타에게 던지고 있었다.

그때마다 마음속으로 「아니에요~」 하고 대답했지만, 사쿠타의 마음은 누구에게도 전해지지 않았다.

"오늘 아침에 후쿠야마가 한 이야기, 다들 알고 있나 보네."

"뭐, 그렇지 않겠어?"

마찬가지로 카레를 입에 넣고 있는 타쿠미의 목소리는 가벼웠다. 당연한 일이니까, 널리 퍼진 사실이니까, 그걸 상식이라 생각하고 있는 것이다.

단순한 소문일 텐데, 사실처럼 여겨지고 있는 인상이다.

대학에서 반나절을 보냈을 뿐인데도 화제의 크기와 정보의 확산 속도를 실감하기에 충분할 정도의 주목을 받았다.

"마이 씨, 오늘 학교를 쉬어서 다행이네."

마이는 드라마 촬영을 위해 주말까지 교토에서 지낼 예정이다.

아무리 마이라도, 거짓말이 만연한 이 상황에서는 진절머리가 날 것이다.

"아, 맞다. 아즈사가와."

"카레, 입에 묻었어."

"나, 이번 달 30일이 생일이야."

타쿠미는 입가를 닦으면서 물어보지도 않은 것을 가르쳐 줬다.

"아, 축하해."

"그러니까 그날까지 홋카이도 여자애 소개 잘 부탁해."

"생각해볼게."

사쿠타는 3교시인 기초 세미나 시간이 되어서야 짜증스러운 시선에서 해방됐다.

작년 말에 예고한 대로, 이 시간에는 시험이 치러졌다.

일반교양 수업은 리포트 과제로 시험을 대체하는 경우가 많지만, 이 강의는 시험이라는 형태로 소논문을 써야 했다.

참고로 노트와 참고문헌을 가져오는 건 괜찮고, 스마트폰을 사용하는 것은 금지다. 고등학교 시절에는 없었던 시험 룰이었다.

시험이 시작되고 40분이 흘렀을 즈음, 강의실 안에서는 샤프를 움직이는 소리만 들려왔다. 아니, 사쿠타의 옆에서는 때때로 고민하는 타쿠미의 신음도 들려왔다.

그 외에는 조용했다.

과도한 긴장감을 동반한 정적이 흘렀다. 그 분위기는 시험이 종료될 때까지 이어질 줄 알았지만, 오늘만은 그렇지 않았다.

갑자기, 커다란 소리가 들려온 것이다.

누군가가 강의실의 뒷문을 힘차게 여는 소리였다.

하지만 시험 중인 강의실 안에서는 누구도 뒤돌아보지 않았다. 약 서른 명의 학생은 소논문 작성에 집중하고 있었다.

사쿠타도 신경쓰지 않으며 샤프를 놀렸다.

아마 지각한 학생이 이제야 강의실에 들어온 것이리라.

그렇게 생각하고 있을 때, 뒤편에서 거친 발소리가 들려왔다. 그 발소리는 목적지에 도착한 것처럼 사쿠타의 옆에서 멈춰 섰다. 그림자가 드리워지자, 손 언저리가 약간 어두워졌다.

"잠깐 나 좀 봐."

머리 위편에서 목소리가 들려왔다.

사쿠타는 의아하게 생각하며 천천히 고개를 들었다.

시야에 들어온 것은 한 명의 여학생이었다.

키리시마 토코…… 본명은 이와미자와 네네였다.

"할 이야기가 있어."

토코가 사쿠타의 눈을 보며 그렇게 말했다.

그 목소리는 지금 강의실에 있는 모든 이가 들었을 것이다. 약 서른 명의 학생도, 강의실 구석에서 심심풀이 삼아 책을 읽고 있는 백발의 교수도.

하지만, 누구도 반응하지 않았다.

결코 시험에 집중하고 있어서가 아니다. 옆에 앉은 타쿠미는 집중력이 바닥난 건지 참고자료를 대충 넘겨보고 있었다. 강의실 앞쪽에는 시험이 끝나기만 멍하니 기다리고 있는 학생들이 드문드문 보였다. 시험 개시부터 한 시간이 지나면 끝낸 사람부터 퇴실해도 된다는 룰이기에, 그때를 기다리고 있는 걸지도 모른다.

아무튼, 시험 중에 갑자기 입을 여는 학생이 있다면 몇 명은 반응을 보일 것이다. 교수 또한, 그것을 무시하지 않으리라.

이런 이상한 상황이 벌어질 수 있는 것은, 누구에게도 토코가 보이지 않아서다. 목소리가 들리지 않아서다.

—지금, 시험 중이에요.

목소리를 내서 대답할 수도 없기에, 사쿠타는 노트에 대답을 적었다.

"그럼, 끝날 때까지 여기서 기다릴게."

아니나 다를까, 토코는 사쿠타의 바로 앞자리에 옆으로 돌아앉았다. 그런 그녀의 시선은 당연히 사쿠타를 향하고 있었다. 사쿠타만 지그시 응시하고 있었다. 의지가 담긴 시선이 사쿠타를 향했다.

너무 신경 쓰였다.

빨리 이야기를 마치고, 시험에 집중하는 편이 나을 것 같았다.

"죄송한데, 배가 아파서 화장실 좀 다녀올게요."

사쿠타는 그렇게 말하며 자리에서 일어났다. 몸을 앞쪽으로 살짝 숙이며 한 손으로 배를 문질렀다. 마이가 본다면 웃음을 터트렸을 게 분명한 어설픈 연기였다.

그래도 교수는 아무 말도 없이 다녀오란 듯이 문을 말없이 가리켰다.

이제 당당히 밖에 나갈 수 있다.

토코도 만족한 표정으로 자리에서 일어났다. 의자가 움직이며 소리를 냈지만, 역시 아무도 반응을 보이지 않았다. 그때, 토코는 타쿠미의 머플러가 바닥에 떨어져 있는 것을 눈치챘다. 토코가 몸을 숙여서 머플러를 주워 먼지를 털어준 후, 타쿠미의 책상 위에 올려놨다.

"……."

토코는 반응을 보이지 않는 타쿠미를 지그시 응시했다. 답례라도 기대하는 것일까. 하지만 당연히 타쿠미는 토코의 존재를 눈치채지 못했다.

역시 안 보이는 것이다. 이래서야 소개해주는 건 무리다. 다른 생일선물을 준비하도록 하자.

"흥."

토코는 자기를 인식하지 못하는 타쿠미를 쳐다보며 코웃음을 치더니, 강의실 뒤편을 향해 성큼성큼 걸어갔다. 사쿠타도 그 뒤를 따랐다. 일단 배가 아픈 척하며……. 바로 그때, 뒤편에 앉아있던 미오리와 한순간 눈이 마주쳤다. 그 눈길은 사쿠타를 비난하고 있었다. 꾀병이라고 여기는 걸까. 아마 그럴 것이다.

시험 중인 강의실을 나선 토코는 기나긴 복도를 계속 걸어가더니, 아무도 없는 강의실에 들어갔다. 뒤따라 들어간 사쿠타가 문을 닫았다.

단둘뿐인 강의실은, 시험이 치러지는 강의실보다 조용했다.

"무슨 일이에요?"

사쿠타는 현재, 한창 시험 중이다. 가능한 한 빨리 용건을 끝내고 싶다.

"네 여친은 무슨 속셈이야?"

"무슨 속셈이라뇨?"

"왜 키리시마 토코란 소리를 듣는 건데?"

"누구누구 씨가 사람들한테 이상한 꿈을 보여준 탓이라고 생각하는데요."

"네 여친이잖아? 이상한 오해는 빨리 풀어."

"나도 마이 씨를 위해 그러고 싶지만…… 불만이 있으면 『제가 진짜 키리시마 토코예요』라고 말하며 나서면 되지 않아요?"

창밖을 보자, 이 건물의 안뜰이 눈에 들어왔다. 크리스마스 이브에 토코가 실시간 스트리밍을 한 장소다.

"뭣하면 지금 여기서 실시간 스트리밍을 하는 게 어때요? 도와줄게요."

이게 가장 빠른 해결책이다.

"해봤자 소용없어."

"시험해봤어요?"

"내 얼굴이 나오는 영상은 사람들에게 보이지 않아. 보이는 건 멀리서 촬영한 뒷모습 정도야."

그래서는 실루엣 정도만 알 수 있다.

"그럼, 우선은 남에 인식이 되는 것부터 시작해야겠네요."

그러기 위해서는 토코가 보이지 않게 된 원인을 알 필요가 있다. 간단히는 가르쳐주지 않겠지만…… 경우에 따라서는 본인조차 모를 가능성도 있다.

"키리시마 씨는 자기가 이렇게 된 이유가 짐작되나요?"

"아니."

토코는 주저 없이 답했다.

"이와미자와 씨도 짚이는 구석이 없는 거예요?"

"……."

이번에는 침묵했다.

그것은, 긍정의 의미를 지닌 침묵이었다.

"있나 보네요."

몇 번 이야기해보고 안 것이지만, 토코는 거짓말이 서툴 렀다. 정곡을 찔리면, 방금처럼 입을 다무는 버릇이 있다.

"네 여친이 부정하면 해결될 일이잖아."

"한 번 퍼진 소문과 오해를 부정하는 건, 의외로 어렵거 든요."

믿어주며 의심하지 않는 사람이라면 있다. 아무래도 상관 없는 사람에게 있어서는, 아무래도 상관없는 이야기에 지나 지 않는다. 그런 사람들에게 열정적으로 진실을 이야기한 들, 그 주장은 전해지지 않을 것이다. 무엇을 진실로 믿을지 는, 그 사람의 인식에 달렸다.

"잘난 듯이 그런 소리를 하는 걸 보면, 어떻게 할 방법이 있나 보네?"

토코는 시험하는 듯한 시선으로 쳐다보며 그렇게 말했다.

"만약 어떻게 한다면, 답례를 해줄 거예요?"

사쿠타는 토코를 마주 쳐다보며 그렇게 말했다.

"그래……."

토코는 팔짱을 끼며 생각에 잠겼다.

그리고 곧 묘안이 생각났는지, 입가에 미소를 머금었다.

토코는 사쿠타를 똑바로 쳐다보더니…….

"하루 동안, 데이트해줄게."

……라고, 말했다.

"외박 데이트쯤은 되어야, 마음이 움직일 것 같은데요."

"나는 그래도 돼. 네 여친이 안 무섭다면 말이지."

토코의 눈동자는 즐거운 듯이 사쿠타를 도발했다. 이 대화를 즐기고 있었다.

"알았어요. 내가 어떻게 해볼게요."

"계약 성립이네."

사쿠타는 토코가 내민 손을 움켜쥐었다.

마이의 이상한 오해를 풀고, 토코를 알 기회를 얻을 수 있다면, 사쿠타로서는 거절할 이유가 없다. 외박 데이트는 농담이더라도 말이다.

"그럼, 잘 부탁해."

그렇게 말하며 손을 놓은 토코가 먼저 교실을 나서려고 했다.

"그러고 보니, 키리시마 씨는 어떤 꿈을 꿨어요?"

토코의 등을 쳐다보며 그렇게 물었다.

무시당할 줄 알았지만, 문 앞에서 멈춰선 토코는 사쿠타를 돌아보았다.

"나는 안 꿨어."

이제 와서는 뜻밖의 대답이었다. 마이에 이어서, 두 명째다.

"마이 씨와 똑같네요."

사쿠타가 그렇게 말하자, 토코는 약간 얼굴을 찡그렸다.

"괜한 소리 하지 말고, 빨리 교실에 돌아가는 게 어때? 이제 시간이 얼마 안 남았거든?"

토코가 그 말을 하는 도중에 3교시 종료를 알리는 종이 울렸다. 사쿠타에게 있어서는 시험 종료를 의미하는 종소리다.

이번에는 사쿠타가 얼굴을 찡그렸다. 그 얼굴을 보고 만족한 건지, 「또 봐」라고 말한 토코는 손을 흔들며 교실을 나섰다.

기초 세미나 시험이 치뤄졌던 강의실에 돌아가 보니, 이미 텅텅 비어있었다. 답안지는 회수되어 있었으며 남아있는 건 사쿠타의 짐, 그리고 통로 건너편 자리에 앉은 하프업 헤어 스타일을 한 인물의 뒷모습뿐이다. 눈에 익은 그 뒷모습의 주인은 사쿠타와 마찬가지로 기초 세미나 시험을 치렀던 미오리다.

미오리가 사쿠타의 기척을 느끼고 뒤돌아봤다.

"어서 와, 설사 군."

"내년에 시작하는 아침 드라마의 제목이야?"

"그런 제목으로 아침 드라마는 좀 무리 아닐까?"

사쿠타의 대답을 들은 미오리가 즐거운 듯이 웃었다.

"기초 세미나 여러분은 신년회&시험 뒤풀이를 한다며 우르르 나갔답니다~."

미오리는 텅텅 빈 교실을 둘러보며 그렇게 말했다. 그러고 보니 타쿠미가 그런 말을 했었다. 미오리와 처음 이야기를 나눴던 것도, 이 기초 세미나의 친목회에서였다.

"미토는 안 간 거야?"

"나, 술자리에서 인기가 좋거든."

이런 말이 기분 나쁘게 들리지 않는 것이 미오리의 대단한 점이다.

"그것보다, 아즈사가와에게 물어볼 게 있어."

"내 취향? 물론 마이 씨야."

"그럼 아까 같이 나간 여자애는 누구인가요?"

"……."

너무 뜻밖의 질문이었기에, 말문이 막혔다.

"시험 도중에 밀회라니, 꽤 하네요."

한순간 무슨 말을 들은 건지 몰라서, 사고회로도 정지됐다.

방금, 미오리가 뭐라고 말한 걸까.

"그 사람, 때때로 산타 복장을 하고 있지? 미니스커트 산타 복장 말이야."

미오리는 당황한 사쿠타를 신경쓰지 않으며 말을 이었다.

이것으로, 틀림없다.

"……미토, 보이는 거야?"

"그렇게 당당히 다니는데, 눈에 들어오는 게 당연하잖아."

"그러니까, 보인다는 거지?"

"아니, 보인다는 게 무슨 소리인데?"

미오리는 말 그대로 고개를 갸웃거렸다. 표정에는 「무슨 말을 하는 건지 모르겠다」라는, 당혹감 섞인 의문이 어려 있었다.

"아까 나와 함께 나갔던 여자는, 나와 미토 이외의 사람에게는 안 보이거든."

"……."

이번에는 미오리가 딱딱하게 굳어버렸다. 분명 사고회로도 정지됐을 것이다. 무슨 말을 들은 건지 도통 모르겠다는 표정이다.

한동안, 미오리는 눈만 깜빡이고 있었다.

"……."

"……."

기나긴 침묵이 이어졌다.

미오리의 입술이 다시 움직인 것은, 4교시 수업 시작을 알리는 종이 울렸을 때였다.

"저기, 아즈사가와."

"왜?"

"머리, 괜찮아?"

미오리가 한참을 생각에 잠긴 후, 그런 심플한 말을 입에 담았다.

이 상황에, 가장 어울리는 말이었다.

제2장

순록이 할 일

1

사쿠타가 키리시마 토코에 관해 설명해주는 사이, 미오리는 신기하다는 표정을 짓고 있었다. 때때로 「수상한 이야기네」하고 생각하는 듯한 표정도 지었다. 하지만, 도중에 괜한 말을 하지 않으며 일단 이야기를 끝까지 들어줬다.

어느 날, 미니스커트 산타와 만났다.

그녀는 사쿠타의 눈에만 보였다.

그리고 자신의 정체는 키리시마 토코라고 밝혔다…….

『#꿈꾸다』에 관한 것과, 사춘기 증후군을 유발시키고 있는 것 같다……는 것은 일단 생략했다. 그것을 제대로 설명하려면 우즈키와 이쿠미의 이야기도 해야 하는 데다, 내용이 너무 많아서 해가 질 때까지 해도 모자랄 것이다.

미오리도 인내심에 한계는 있을 것이다. 그러니 미오리의 인내심이 바닥나기 전에, 사쿠타는 이야기를 간결하게 끝마치려 했다.

"일단, 내가 아는 건 이 정도야."

"질문해도 될까요?"

미오리는 기다리고 있었다는 듯이 힘차게 손을 들었다.

"네, 해보세요."

사쿠타도 그녀에게 맞춰주듯 존댓말로 질문을 허락했다.

"왜, 저와 아즈사가와에게만 보이는 걸까요?"

미오리는 당연한 질문을 입에 담았다. 우선 그 점이 신경 쓰이는 것이다. 당연한 반응이었다.

"그건 내가 알고 싶어."

마음 같아선 미오리에게 그 이유를 가르쳐주고 싶지만, 사쿠타도 이유를 모른다. 「알고 싶어」는 사쿠타의 본심이었다.

어째서, 사쿠타에게는 보이는 것일까.

그리고, 어째서 미오리에게는 보이는 것일까.

"무시무시하네."

미오리는 솔직하게 감정을 입 밖으로 털어놨다. 냉정하게 생각해보면 확실히 무시무시하다. 아니, 냉정하게 생각하지 않더라도 무시무시하다. 아무리 생각해도 비정상적인 사태가 틀림없다.

사쿠타는 미오리 덕분에 자신이 처한 상황을 객관적으로 파악할 수 있었다. 파악해봤자, 불안만 늘어날 뿐이지만.

"그랬던 거구나."

미오리는 그런 사쿠타를 개의치 않으며 납득했다는 듯이 천장을 올려다봤다.

"그래서 전에 『산타가 있다』고 마나미에게 말했을 때, 걔가 이상한 표정을 지은 거야."

수수께끼가 풀렸다, 하며 미오리는 웃었다. 힘없고 메마른 웃음이다. 「아하하」 하고 소리 내서 말한 후, 한숨을 내쉬었다.

"그래도, 그 사람은 살아있는 거지? 유령 같은 건 아닌 거잖아?"

다시 신기하다는 표정을 지은 미오리가 그렇게 물었다.

"일단, 아까 악수는 할 수 있었어."

"감촉은 어때?"

"손은 따뜻하더라고."

"그럼 유령은 아니겠네."

방금 말을 듣고 납득하는 것도 이상하다는 생각이 들지만, 사쿠타는 괜히 딴죽을 날리지는 않았다. 애초부터 이상한 이야기니까 말이다. 이상한 게 당연하다 싶었다.

"실제로는 안 보인다기보다, 나와 미토 이외에는 인식을 못 한다는 느낌이야."

"왠지 알 것……."

그렇게 말하려던 미오리는 도중에 고개를 내젓더니…….

"역시, 전혀 모르겠어."

……그렇게, 고쳐 말했다.

"그녀 본인만 안 보이는 게 아니라, 예를 들어 미인대회의 홈페이지에서는 『이와미자와 네네』의 정보만 후쿠야마의 눈에는 보이지 않았어."

즉, 그녀의 존재에 관한 정보를 인식할 수 없는 거라고 생각한다. 인식할 수 있는 것은 누구인지 확인할 수 없는 멀리서 찍은 실루엣, 그리고 누구인지 확인할 수 없는 노랫소리뿐이다.

"미인대회 홈페이지구나. 그거, 나한테는 보일까?"

"들어가보면, 바로 알 수 있을 텐데……."

사쿠타는 말을 이으려다, 중요한 사실을 떠올렸다.

"그러고 보니 미토는 스마트폰이 없었지."

"우와~, 아즈사가와한테는 그런 말 듣고 싶지 않아~."

미오리는 불평을 늘어놓으면서도 토트백을 향해 손을 뻗었다. 안에서 꺼낸 것은 얇은 사각형 모양의 다크그레이 색깔의 물체다. 사과 마크가 새겨진 노트북이었다.

그러고 보니 미오리는 집에 있는 컴퓨터로 인터넷을 쓴다고 예전에 말했었다.

"그걸 매일 가지고 다니는 거야?"

작다거나 얇다고는 말하기 힘든 미오리의 노트북은 무게가 꽤 나갈 것처럼 보였다.

"오늘은 3교시까지만 하니까, 과제 리포트를 하려고 가져온 거예요."

우쭐대는 표정으로 그렇게 말한 미오리는 「흐흥」 하고 코웃음을 흘리며 노트북을 펼쳤다.

그리고 바로 전원을 켰다.

옆에서 화면을 들여다보려고 하자, 미오리는 노트북을 반정도 닫아서 사쿠타에게 보이지 않게 했다.

"다 큰 처녀의 컴퓨터 훔쳐보기 금지."

"아하, 음란한 파일이 있는 거구나."

"그야 당연히 있거든?"

"더 신경 쓰이네."

사쿠타는 그렇게 말하면서도 물러났다.

미오리는 노트북을 능숙한 손놀림으로 조작했다.

"아, 이거구나. 미인대회 홈페이지. 작년 그랑프리는 당시 국제교양학부의 2학년. 홋카이도 출신. 생일은 3월 30일. 키는 161센티미터."

"그거야."

"SNS도 하네. 사진이 엄청 있어."

미오리는 화면을 사쿠타 쪽으로 돌렸다. 지금은 봐도 되는 것 같다.

화면에는 이와미자와 네네의 사진 위주 SNS가 표시되어 있었다.

모델 일, 대학 생활, 오늘의 패션…… 그런 것들에 관한 사진과 짤막한 코멘트가 있었다.

눈부시게 빛나는 나날의 활동 보고.

전체적인 인상을 한마디로 표현하자면, 그것은 『충실한 대학 생활』이다.

누구나 동경할 것 같은, 누구나 되고 싶어 할 것 같은…… 밝고, 에너지 넘치는 그녀의 나날이 그곳에 담겨 있었다.

"미토가 보기에, 그녀가 사라지고 싶어 할 이유가 있다고 생각해?"

화면을 천천히 스크롤하던 미오리의 손이 움직임을 멈췄다.

"4월에 갱신이 멈춘 걸 보면, 4월에 무슨 일이 있었던 게 아닐까?"

미오리는 질문에 대답하면서 고개를 들었다. 사쿠타의 반응을 확인하듯, 눈을 두 번 깜빡였다.

"예를 들자면?"

"휴학을 마친 마이 씨가 대학에 나타났다, 같은 거 말이지. 그리고 마이 씨에게 학교 안의 주목을 순식간에 빼앗겼다거나?"

미오리는 일종의 의도를 담아 그 이름을 입에 담았다.

"그래……."

미오리의 예측은 날카롭다는 생각이 들었다.

"이 사람, 모델 일을 하는 데다가 미인대회에서 그랑프리도 받았잖아? 이제까지 대학 안에서 꽤 돋보였을 거야. 엄청 떠받들어졌을지도 몰라."

"뭐, 상상은 되는걸."

SNS에 올라온 글만 봐도 그런 아우라가 풀풀 풍겼다.

"마이 씨가 나타날 때까지, 이 캠퍼스는 이와미자와 네네라는 공주님의 나라였던 게 아닐까?"

"하지만, 그곳에 『사쿠라지마 마이』라는 여왕님이 나타난 거구나."

"상대가 마이 씨라면, 순식간에 멸망했을 거야."

일반적인 대학생과 비교한다면, 이와미자와 네네에게는 한 나라를 지배할 수 있는 힘이 있었을지도 모른다. 학생이면서 모델 일을 하고 있고, 미인대회에서도 주목을 받았다. 스스로에게 자신을 가지고 있었을 것이다. 자기가 다른 학생과 다르다는 자부심도 싹텄으리라. 그 사실이, 그녀에게 우월감을 안겨줬을 거라고 생각한다.

주위 학생과는 다른 특별한 자신. 무언가가 된 자기 자신을 자랑스럽게 여겼다.

하지만, 그곳에 『사쿠라지마 마이』가 쳐들어왔다.

아역 시절부터 활약해온 국민적 지명도의 유명인.

드라마, 영화, CF, 모델⋯⋯. 폭넓게 활동해왔으며, 지금도 여러 분야에서 그녀의 이름과 모습을 볼 수 있다. 지명도도, 경력도, 『이와미자와 네네』는 상대조차 안 된다.

당연히 제대로 맞서보지도 못한 채, 교내 넘버원의 자리를 간단히 빼앗기고 만 것이다.

"아름다운 왕관과 드레스를 빼앗기고, 평민으로 끌어내려졌을지도 몰라. 두 번째로 유명한 사람이라는 자리조차 차지하지 못한 것 같거든."

"뭐, 마이 씨 다음가는 유명인을 자처하기엔 전투력이 부족할지도 몰라."

스케일이라든가, 스테이지라든가⋯⋯ 간단히 말해, 격이 달랐다.

우즈키와 노도카도, 마이의 다음 가는 유명인으로 여겨지지는 않았다.

"그만큼, 느닷없이 학교에 나타난 연예인 『사쿠라지마 마이』의 임팩트는 거대했던 거구나."

네네가 쌓아온 자랑스러운 자기 자신이, 순식간에 그 가치를 잃을 만큼…….

"그래서 이와미자와 네네는 사라진 거야. 자신의 가치를 인정받지 못해서 말이지."

지금까지 스쳐 지나가던 이성이 보내는 호의적인 시선과 동성의 질투 어린 시선을 느끼지 못하게 됐다.

주위로부터의 평가가 변하고 말았다.

특별하지 않게 됐다. 특별이란 『사쿠라지마 마이』를 가리키는 말이다.

"으음, 그것과는 좀 다르지 않을까?"

사쿠타가 알겠다는 투로 한 말에, 미오리가 반대했다.

"어떻게 다른 건데?"

미오리가 하고 싶은 말을 짐작하지 못한 사쿠타는 그녀에게 되물어봤다.

"마이 씨가 나타나서 주변의 시선을 전부 빼앗겼고, 특별하지 않게 되면서, 모두와 마찬가지로 일반인이 됐다……. 그런 자신을 항상 주위에 있던 자칭 친구들이 비웃는 것을 알게 되면서, 비참한 마음이 든 나머지 숨은 게 아니려나요~."

미오리는 닫은 노트북 위에 양손을 얹더니, 평소와 다름 없는 톤으로 평소와 다름없는 적절한 말로 자기 생각을 말 했다.

"……"

대꾸할 말이 바로 떠오르지 않았다.

미오리의 말은, 네네의 처지와 심정을 정확하게 파악하고 있는 것처럼 느껴졌다.

"이제까지 타인보다 우위에 있었던 사람이 박살 나는 꼴 을 보면, 『꼴좋다~』하고 생각하기 마련이잖아?"

"뭐, 그건 그래."

"자칭 상처받은 사람들은, 자기가 아무도 상처입히지 않 았다고 생각하는 법이거든."

"혹은, 자기는 상처입혀도 된다고 생각하거나 말이야."

"그게 약자의 특권이라는 듯이 말이지."

미오리는 농담투로 그렇게 말하며 웃음을 흘렸다. 장난스 럽게 말하지만, 그 말에는 역시 무게가 있었다.

그 갭이 우습게 느껴진 나머지, 사쿠타는 숨을 토하듯 웃 었다.

자연스럽게 대화가 끊겼다.

"……"

"……"

그저, 웃는 분위기만이 남아있었다.

"미토는 옛날에 무슨 일 있었어?"

"무슨 일이라니?"

"경험에서 우러난 발언 같거든."

"그야, 저도 과거가 있는 여자니까요."

평소와 마찬가지로, 미오리는 적당히 얼버무렸다.

그럼 그것으로 됐다. 지금 우선해야 하는 건 미오리가 아니라 토코다.

"하지만 미토."

"응~?"

"그녀는 키리시마 토코라고."

아까까지 『이와미자와 네네』의 SNS를 보고 있었던 미오리의 노트북을 봤다.

"키리시마 토코의 지명도라면, 마이 씨와도 싸워볼 만하지 않아? 자칭 친구들의 비웃음 따위는 신경 쓰이지 않을 거라고. 사라지기보단, 『제가 키리시마 토코예요』라고 밝히고 마음껏 우위에 서면 돼."

그 부분이 앞뒤가 맞지 않았다.

"그럼, 그녀는 키리시마 토코가 아닌 게 아닐까?"

"……뭐?"

한순간, 그 말을 이해하지 못한 사쿠타는 바로 반응하지 못했다.

"아즈사가와가 말했지? 키리시마 토코라면 사라질 필요

없다고 말이야. 그런데도 사라졌다는 건, 키리시마 토코가 아니라는 의미 아닐까요~?"

미오리가 내놓은 의외의 지적은, 확실히 의외라 싶을 정도로 앞뒤가 맞았다.

그 말 자체는 충분히 논리적이었다.

억지로 끼워 맞춘 논리일지도 모르지만……

"내가 이상한 소리라도 했어?"

"아냐……"

"하지만 아즈사가와는 지금 이상한 표정을 하고 있거든?"

"그건 원래 그랬어."

사쿠타가 그렇게 대답하자, 미오리는 오늘 중 가장 큰 목소리로 웃었다.

2

"아즈사가와의 친구는 재미있는 말을 하네."

다음날인 1월 7일. 토요일.

사쿠타는 학원 강사 아르바이트를 시작하기 전에 어제 미오리가 한 말을 리오에게 들려줬다. 점심을 먹으면서 말이다.

두 사람은 후지사와 역의 남쪽 출입구 근처 백화점 뒤편의 음식점이 밀집된 구역 2층에 있는 초밥 가게의 4인용 테이블에 단둘이 앉아있었다.

"아직 친구 후보라고 하지만 말이야."

입안의 전갱이 튀김과 밥을 한꺼번에 삼킨 사쿠타는 리오의 말을 정정했다.

"그런 점은 성가시겠어."

"뭐, 후타바와 멋진 승부를 펼칠 것 같긴 해."

"……."

사쿠타의 말을 무시한 리오는 금눈돔 소금구이를 입에 넣었다. 바다가 가까운 지역에는 해산물이 맛있는 가게가 많아서 좋다.

"아무튼, 후타바는 어떻게 생각해?"

"아즈사가와의 친구 후보가 한 말도, 일리가 있다는 생각이 들어."

"그렇지?"

그래서, 사쿠타는 난감해하고 있다. 자기가 키리시마 토코라고 하는 미니스커트 산타와 만나고, 그녀가 키리시마 토코라고 믿으며 어제까지 행동해왔다.

하지만, 어쩌면 아닐지도 모른다는 가능성이 갑자기 떠올랐다. 사쿠타와 마찬가지로, 토코가 보이는 미오리가 별생각 없이 한 말에 의해…….

"하지만, 그 말의 출발점……. 즉, 키리시마 토코가 투명인간이 된 이유 쪽은 어디까지나 아즈사가와와 그 애의 억측에 지나지 않잖아?"

"우리 대학이 이와미자와 네네란 공주님의 나라였다……
라는 건, 확실히 네 말대로야."

SNS를 보고 그렇게 해석했을 뿐이다. 모델, 미인대회 그
랑프리라는 단어를 통해 안이하게 연상한 인물상에 지나지
않는다.

그런 그녀가, 대학에서의 지위를 마이에서 순식간에 빼앗
겼다. 특별했던 자신이 특별하지 않게 됐다. 비참해진 자신
을 주위의 친구가 비웃었다. 무시했다. 무시당했다. 어제까
지의 존재가치를 잃으면서, 그녀는 사라졌다. 인식되지 않는
투명 인간이 됐다.

"그렇다면, 너무 깊이 생각해봤자 소용없지 않을까? 전제
가 틀렸다면, 당연히 나오는 답도 달라지잖아."

"그건 그렇지만 말이야."

새우튀김을 물자, 튀김옷이 바삭거리며 맛있는 소리를 냈
다. 새우도 탱글탱글했다.

"지금은 사쿠라지마 선배가 받는 오해가 더 신경 쓰여. 우
리 대학에서는 진실로 여겨지고 있거든."

리오가 다니는 곳은 이과 계열 국립 대학이다. 이과나 문
과 같은 것과 상관없이 소문은 퍼져나가고 있는 것 같았다.

"여기도 그런 느낌이네."

이곳으로 향하는 전철 안에서, 여고생들이 그 이야기를
하고 있었다. 「사쿠라지마 마이가 키리시마 토코라니, 대박

110_청춘 돼지는 산타클로스의 꿈을 꾸지 않는다 13

아냐?」, 「완전 대박~」이라고 말하면서…….

"뭐, 그래도 마이 씨의 소문은 모레쯤이면 해결될 거라고 생각해."

"성인의 날?"

"마이 씨는 올해 스무 살이 된 사람 중에서 가장 유명인이잖아?"

그 말을 들은 리오가 납득한 듯이 중얼거리더니…….

"취재하러 온 수많은 카메라 앞에서, 사쿠라지마 선배가 직접 소문을 부정하는 거구나."

……라고, 정확한 추측을 밝혔다.

"지금이라면, 기자에게서 키리시마 토코가 맞냐는 질문을 받을 테고 말이지."

"역시 대단하네."

"동시에 SNS로도 공식 코멘트를 내놓을 거래."

어젯밤, 촬영지인 호텔에서 전화를 한 마이가 그렇게 가르쳐줬다. 이 소문은 매니저인 료코와 사무소의 높은 사람의 귀에도 들어갔고, 회사 측도 신경을 쓰고 있는 것 같았다. 매우 든든했다.

"그럼 오늘 아침의 SNS 갱신은 그런 의미였구나."

"응?"

사쿠타가 의아해하자, 리오는 아무 말 없이 스마트폰을 조작해서 화면을 보여줬다.

표시된 것은 사진 위주 SNS의 화면이다.

사무소 계정과 함께 갱신된 『사쿠라지마 마이』의 공식 계정이었다.

드라마 촬영 도중의 휴식 시간에 찍은 듯한 마이의 오프 샷과 함께, 「9일에 중요한 발표가 있을 거예요」라는 짤막한 코멘트가 있었다.

"역시 마이 씨야."

매사에 빈틈이 없다. 가장 효과적으로 정보를 폭넓게 전달하는 방법을 알고 있다.

"문제는, 그렇게까지 했는데도 소문이 잠잠해지지 않을 경우네."

리오는 세트 메뉴로 같이 나온 계란찜을 먹으면서 그렇게 중얼거렸다. 그 점은 사쿠타도 신경쓰고 있었다.

"사람들이 한 번 믿기 시작한 거짓말을 『거짓말이었다』고 믿게 만드는 건 의외로 어렵긴 하지."

사람들은 타인의 인식과 의견이 올바르다고 좀처럼 생각하지 않는다. 아니, 생각할 수 없다.

그런 점은 마이와 사무소 사람들도 알고 있을 테니, 이번 같은 일을 준비한 것이리라. 만전을 기하면서 준비하고 있을 게 틀림없다.

"실제로 나와 같은 꿈을 꾼 사람들은, 자기가 꾼 꿈을 믿겠지."

음악 페스티벌의 꿈.

마이가 직접 키리시마 토코라고 커밍아웃하는 꿈.

귀로 들은 노랫소리가 압도적인 설득력을 자아내기에, 더 골치 아프다.

그것이, 리얼한 기억으로 남아있는 것이다.

"진짜가 나서주면 가장 좋을 텐데 말이지."

그 이상의 해결책은 없을 것이다.

하지만, 지금은 그럴 수 없다.

"상대가 투명 인간이니 어쩔 수 없어. 우선, 평범한 인간으로 되돌려야 해."

리오의 말이 옳다.

"그러기 위해, 나는 나대로 할 수 있는 일을 해보겠어."

일단 데이트 직전까지는 도달했다. 지금까지 만났던 그녀의 성격으로 추측해보면, 사쿠타가 조건을 만족시킨다면 데이트에 응해줄 것이다.

"하지만, 후타바."

"왜?"

리오는 입가로 가져갔던 찻잔을 테이블에 내려놨다.

"만약 이와미자와 네네가 키리시마 토코가 아니라면, 나는 어떻게 해야 할까?"

이상한 소문을 토코 본인이 부정해줬으면 하는데, 그녀가 가짜라면 그럴 수도 없다.

"그렇다면, 차라리 진짜 키리시마 토코로 만드는 게 어때?"

리오가 내놓은 것은 그녀치고는 꽤 대담한 작전이었다.

"그편이 아즈사가와가 생각할 만한 작전이라고 생각해."

사쿠타가 한순간 당혹스러워하자, 리오는 그런 말을 덧붙였다.

"마이 씨의 이상한 오해가 풀린다면, 그것도 괜찮을지 모르겠는걸."

이와미자와 네네에게 어떤 이유가 있는지 모르겠지만, 지금은 남의 여친까지 신경 써줄 때가 아니다.

식사를 마친 사쿠타와 리오가 계산을 마치고 가게를 나선 때는 점심시간이 끝나는 오후 두 시 경이었다.

그 후, 학원 강사 아르바이트를 할 예정인 두 사람의 발걸음은 자연스럽게 역의 북쪽 출입구 쪽으로 향했다.

"그러고 보니, 후타바는 이브날 밤에 어떤 꿈을 꿨어?"

"쿠니미와 사귀는 꿈이야."

리오는 너무나도 태연하게 대답했다.

"뭐?"

사쿠타는 무심코 놀란 듯한 목소리를 냈다.

"둘이서 식사했어. 데이트 중이었던 것 같아."

리오는 앞을 바라보며 담담하게 말했다.

"진짜야?"

사쿠타가 확인삼아 묻자, 리오는 조용히 고개를 끄덕였다. 시선은 앞쪽을 향한 채……

"하지만, 쿠니미가 그럴 리 없잖아."

　유감스럽게도 사쿠타도 그 의견에 동의했다. 리오에게 문제가 있어서가 아니다. 그 이유는 전부 유마에게 있다.

"쿠니미는 그 포악한 여친과 러브러브한 것 같거든."

　설령 지금 바로 유마와 카미사토 사키의 관계가 나빠져서 헤어지게 되더라도, 유마의 성격을 생각하면 봄까지 리오와 그렇고 그런 사이가 되리라고는 도저히 생각할 수 없다.

　리오 또한 받아들이지 못하지 않을까. 이제 와서 이런 생각을 하는 것 자체가 의미가 없다 싶었다.

　더 긴 시간이 흐른다면 신경 쓰지 않게 될지도 모르지만, 적어도 한두 해만에 그런 미래에 도달할 거라고는 상상조차 안 되었다.

"그러니, 나는 그 꿈은 미래 같은 게 아니라고 생각해."

　앞을 똑바로 응시하는 리오의 얼굴에서는, 세밀한 감정까지 파악할 수 없었다. 겉으로는 아무렇지도 않아 보았다. 하지만 꿈을 꾸고 난 아침에는, 당연히 동요했을 것이다.

　하지만 지금은 평소의 리오처럼 보였다. 사쿠타에게는 그렇게 보였다.

"사쿠타가 그렇게 말한다면, 그럴지도 몰라."

"……."

사쿠타가 순순히 납득하자, 리오는 미심쩍은 눈길로 쳐다 봤다.

세간에서는 그날 꾼 꿈이 미래에 일어날 일이라 믿고 있 다. 사쿠타도 꿈이 현실이 되는 일을 경험했다. 리오는 그것 을 알기에, 의문을 느낀 것이다. 의외일 것이다. 자신의 말 을, 사쿠타가 순순히 받아들인 것이.

그 증거로, 리오의 눈은 사쿠타에게 답을 요구하고 있었다.

"아카기가 말했어. 그 꿈은 미래를 보는 게 아니라, 다른 가능성의 세계를 보는 걸지도 모른다고 말이야."

작년 12월 25일. 하코네에서 돌아온 후에 건 전화에서, 이쿠미는 그렇게 말했다. 그 견해를 들었을 때, 사쿠타는 놀랐었다. 예상조차 못했던 말이었던 것이다. 하지만, 동시 에 그럴지도 모른다는 생각이 들었다.

만약 이쿠미의 말대로라면, 꿈속에서 사쿠타가 스마트폰 을 가지고 있던 것도 설명이 된다.

예전에 사쿠타가 갔던 다른 가능성의 세계…… 그 세계의 사쿠타는 스마트폰을 가지고 있었으니까.

"다른 가능성의 세계에 속한 자신과 반 년 넘게 바뀌어서 지낸 그녀의 말이니까, 진짜로 그럴지도 몰라."

"뭐, 아직은 그걸 안다고 달라진 건 없지만 말이야. 설령 꿈의 정체가 진짜로 다른 가능성의 세계더라도, 이쪽 세계 와 같은 일이 일어나지 않을 거란 보장은 없잖아."

"그래. 미래든, 가능성의 세계든…… 결국, 그날이 올 때까지는 알 수 없어."

"정말, 민폐 그 자체인 꿈이야."

일방적으로 휘둘리고만 있다.

"정말 그래."

다시 앞을 바라본 리오는 쓸쓸한 말투로 그렇게 중얼거렸다. 그 목소리에는 실감이 담겨 있었다. 그것을 통해, 알 수 있었다. 리오도 꿈에 감정이 흔들렸다는 것을. 그리고 지금은 나름대로 그 감정을 정리했다는 것을…….

"카사이 군과의 일 덕분에 알게 된 게 하나 있어."

리오가 불쑥 그렇게 중얼거렸다.

"응?"

"마음에 답해주지 못하는 쪽도 답답하다는 거야. 쿠니미도 그런 심정이었을까?"

리오의 입가에는 옅은 미소가 어려 있었다. 그리운 여름의 기억을 사쿠타가 떠올리게 했기 때문이다.

고등학교 2학년, 여름.

유마를 포함해 셋이서 함께 올려다본 불꽃축제의 불꽃.

그 형형색색의 빛에 리오도 웃고 있었다. 지금과 마찬가지로…….

그 후로 2년 반이 흘렀다. 시간은, 기억을 추억으로 바꾸며, 어느새 이렇게 흘러갔다.

1월 9일. 성인의 날에 트렌드는 『사쿠라지마 마이』로 결정 됐다.

이날은 아침부터 모든 TV 방송국이 후지사와 시에 집결 했다. 그들이 찍으러 온 것은 물론 후리소데 차림의 사쿠라지마 마이다. 평생 한 번뿐인 그 순간을 카메라에 담는 것이다.

『스무 살 모임』의 식이 치러지는 시민회관 주변에는 수많은 보도진이 우글댔고, 그 엄청난 주목도 자체가 뉴스로 전해졌다.

이 일련의 광경을, 사쿠타는 TV를 통해 보고 있었다.

무수한 카메라의 주목을 받으면서, 마이는 올해 스무 살이 된 사람들의 대표자로서 단상에 서서 당당히 인사말을 읊었다. 그것이 끝나자, 성대한 박수가 행사장에 울려 퍼졌다.

마이는 무사히 큰 역할을 마쳤지만, 이날의 메인은 이제부터 시작된다고 해도 과언이 아니다.

행사가 끝난 후, 마이는 행사장의 로비에서 수많은 보도 진에게 둘러싸였다.

취재기자가 던진 첫 질문은 스무 살이 된 감상이다. 「어른이 됐다는 실감이 납니까?」, 「술은 이미 마셔봤습니까?」 같은 정석적인 질문이 줄을 이었다.

마이는 그 질문 하나하나에 웃는 얼굴로 정중히 답했다.

본론이라 할 수 있는 질문을 받은 건, 각 방송국의 질의 응답이 한 바퀴 돈 후였다. 이번 취재에서 마이에게 가장 먼저 질문을 던졌던 여성 리포터의 입에서 나왔다.

"최근에 SNS상에서는 마이 씨가 인터넷 싱어인 『키리시마 토코』가 아닌가⋯⋯라는 소문이 퍼져나가고 있습니다만, 진상을 알려주실 수 있을까요?"

그녀는 오후의 와이드 쇼에서 어시스턴트를 맡고 있는 방송국 아나운서, 난죠 후미카였다.

마이는 무수한 마이크를 향해 고개를 돌렸다.

"그렇다면 재미있을 것 같아요. 하지만, 유감스럽게도 저는 키리시마 토코 씨가 아니에요. 기대에 부응하지 못해 죄송해요."

한번 방긋 웃은 후, 마이는 온화한 어조로 딱 잘라 부정했다.

"『#꿈꾸다』에 관해서는 알고 계시죠?"

다른 기자가 또 질문을 던졌다.

"네. 화제가 되고 있어서, 알고 있긴 해요."

"거기에는 마이 씨가 키리시마 토코라고 말했다는 글이 다수 올라와 있습니다만⋯⋯."

"매니저분에게 부탁해서, 제 스케줄을 알려드릴까요? 아티스트 활동을 할 여유는 없답니다."

마이가 농담 투로 그렇게 말하자, 이 자리에 모인 취재진이 웃음을 터뜨렸다.

그들의 시선은 옆에 있는 료코를 향했다.

"상부에 허락을 받지 않고는 보여드릴 수 없습니다."

료코는 당황한 투로 그렇게 말하면서, 양손을 교차시켜 ×마크를 만들었다. 그러자 또 웃음이 터져나왔다.

그런 훈훈한 분위기 속에서 마이의 질의응답이 이어졌다. 마이가 진짜 키리시마 토코인지는 제쳐두더라도, 「키리시마 토코 씨를 어떻게 생각합니까?」, 「꿈이 현실이 된다고 믿습니까?」 같은 소문에 관한 질문이 이어졌다.

그런 시간이 한동안 이어진 후⋯⋯.

"다음 질문으로 질의응답을 마치겠습니다."

료코가 이 시간을 끝내기 위해 끼어들었다.

오해를 풀기 위한 설명은 충분히 했다고 판단한 것이리라.

"질문하시죠."

즉시 손을 든 이는 난죠 후미카였다.

"지금도 남친 분과는 순조롭게 교제 중이신가요?"

그녀는 마이에게 다른 각도의 질문을 던졌다.

그러자 마이는 미소를 머금었다.

"상상에 맡기겠어요."

웃으며 그렇게 말한 마이는 오른손을 자신의 가슴에 살며시 올렸다. 그 손가락에는 사쿠타가 선물한 반지를 끼워져 있었다.

격렬한 셔터음이 연이어 들려왔다.

플래시 빛 탓에 마이의 모습이 보이지 않을 정도였다.

그 와중에도 마이는 취재진을 향해 정중히 고개를 숙였다.

"오늘, 이렇게 와주셔서 정말 감사합니다."

그렇게 인사를 남긴 마이는 료코의 안내에 따라 퇴장했다.

그 영상은 낮 시간대의 뉴스 방송과 오후 와이드쇼에서 대대적으로 보도됐고, 저녁 뉴스와 밤 뉴스에서도 몇 번이나 되풀이되어 나왔다. 채널을 돌릴 때마다, 약간 다른 각도에서 찍힌 후리소데 차림의 마이가 나왔다.

또한 『사쿠라지마 마이』의 공식 SNS에도 소문을 부정하는 코멘트가 게재됐다.

마이가 준비한 두 가지 작전은 의도대로의 효과를 발휘한 것 같았다. 다음날부터는 뉴스와 와이드쇼에서 『사쿠라지마 마이』의 소문에 관해 전혀 언급되지 않았다.

하지만, 개인 SNS에서는…….

—이제 와서 부정해봤자 늦었어

—사무소가 필사적으로 불 끄고 있네

—그냥 인정하면 될 텐데, 뭐하러 이딴 쇼를 하냐고

……같은 글이 당연한 듯이 올라왔다.

소문을 완전히 뿌리뽑기 위해서는 역시 본인이 등장하는 것 말고는 방법이 없을지도 모른다.

그래도 성인의 날부터 일주일 정도 흐르자, 학교는 평소 같은 느낌으로 되돌아갔다. 사쿠타는 여전히 시선을 느꼈지만, 거기에 담긴 감정은 「아, 사쿠라지마 마이의 남친이야」 정도의 가벼운 것으로 변화했다.

이 정도면, 토코와의 약속을 지켰다고 할 수 있을지도 모른다.

1월 16일. 월요일.

이쯤되면, 대학의 후반기 일정도 얼마 남지 않았다.

1월의 마지막 일주일은 보강 기간이기에, 실제로 수업이 있는 건 이번 주까지다. 금요일까지 수업을 들으면, 그 후로는 기나긴 봄방학이 시작된다.

학기가 다시 시작되는 건, 두 달 후인 4월이다. 그때, 사쿠타는 2학년이 된다.

학생 중에는 이미 봄방학 모드인 이도 있으며, 캠퍼스 안은 연말과 비슷한 불가사의한 분위기가 감돌고 있었다. 우승팀 확정 후의 남은 시합을 치르는 듯한 분위기다. 전체적으로 마음이 느슨해졌다고 해도 과언이 아니다.

사쿠타 또한 느긋한 기분으로 학교 정문을 지났다. 기말 시험은 대부분 끝났고, 리포트 과제도 거의 다 정리했기에 초조할 필요가 없다.

하품을 하면서 1교시 강의를 듣기 위해 학교 건물을 향해 걸음을 옮겼다.

도중에 사쿠타는 옆에서 인기척을 느꼈다.

"좋은 아침."

옆을 쳐다보니, 뜻밖의 인물이 있었다.

키리시마 토코였다.

부츠에 스커트, 하이넥 스웨터, 그 위에 코트. 주위의 여학생들 사이에 완전히 녹아든 복장을 하고 있었다. 오히려 너무 녹아든 바람에, 먼저 말을 걸어오지 않았다면 아마 사쿠타는 그녀를 알아보지 못했을 것이다.

"좋은 아침이에요."

일단 아침 인사를 건넸다.

"오늘은 아침부터 무슨 일로 대학교에 온 거죠?"

"수업을 들으러 온 거야."

당연한 걸 묻지 말라는 말투였다.

"투명 인간이면서요?"

"학비를 내고 있으니까, 아깝잖아."

지당하기 그지없는 대답이었다.

바로 그때, 사쿠타의 머릿속에 어떤 의문이 스쳤다.

"혹시, 이제까지도 매일 수업을 들었나요?"

"뭘 그런 걸 묻고 그래?"

토코는 어리석은 질문이라는 듯이 웃었다. 바보 취급하는 듯한 웃음이 대답이었다.

이제까지 사쿠타가 눈치채지 못했던 것은, 학년과 학부가 달라서다. 토코와 같은 수업을 들을 기회가 없었다. 게다가, 미니스커트 산타 복장을 하고 있지 않으면 수많은 학생 사이에서 토코에게 눈길이 가는 일은 없을 것이다.

"1월 30일은 비워둬."

사쿠타가 생각에 잠겨 있을 때, 토코가 갑자기 그런 말을 했다.

"약속대로 데이트해줄게."

"기대하고 있을게요."

"바람둥이네."

토코는 솔직하게 대답한 사쿠타를 보며 작게 웃더니, 연구동이 있는 방향으로 향했다. 그 뒷모습은 캠퍼스 안의 풍경에 잘 녹아들어 있었다. 다른 학생에게 보이지 않는다는 점만 빼면, 평범한 대학생과 다를 게 없었다.

이날 오후, 4교시까지 수업을 듣고 귀가하던 사쿠타는 카나자와 핫케이 역의 플랫폼에서 안쪽 벤치에 앉아있는 금발 여대생을 발견했다. 무선 이어폰으로 음악을 들으며, 전철이 오기만 기다리고 있었다.

사쿠타는 그 벤치로 가서 허락도 구하지 않고 옆에 앉았다.

"안녕, 토요하마."

"음악 듣고 있는 거, 봐도 모르는 거야?"

노도카는 불평을 하면서 이어폰을 귀에서 빼더니, 음악을 정지시켰다.

"그런데, 무슨 일이야?"

"만약 내일부터 현재 가장 인기 있는 아이돌이 우리 대학에 다니게 된다면 기분이 어떨 것 같아?"

"그야, 그때가 되어봐야 알지 않겠어?"

노도카다운 대답이다.

"뭐, 그건 그래."

"일단 기쁘지는 않을 것 같네."

노도카는 귀에서 뺀 무선 이어폰을 케이스에 집어넣었다. 자세히 보니, 우즈키가 CF를 맡았던 메이커의 이어폰이었다.

"내가 신경 쓰지 않더라도, 주위에서 『아이돌』이라는 이유로 나와 비교할 거잖아?"

"마음속으로 비웃음을 흘리며, 토요하마를 불쌍하다는 듯이 쳐다보겠지."

"시비 거는 거야?"

"걱정하지 마. 토요하마한테도 괜찮은 구석이 있어."

"멋대로 그딴 가정을 해대면서 위로하지 말아 줄래?!"

노도카는 순식간에 머리끝까지 분노가 치솟았지만, 오래 이어지지는 않았다. 곧 분노가 가라앉은 노도카의 입에서 한숨이 흘러나왔다.

"방금 그거, 언니 이야기야?"

노도카는 기분 전환을 하려는 듯한 투로 그렇게 물었다.

발을 꼬더니, 그 발 위에 한쪽 손을 얹으면서 턱을 괬다. 매우 지겨워하는 듯한 모습이었다.

"토요하마, 용케 눈치챘네."

"사쿠타는 기본적으로 언니 생각밖에 안 하잖아."

노도카는 반대편 플랫폼을 쳐다보더니 기나긴 속눈썹을 흔들며 눈을 깜빡였다.

"뭐, 그렇긴 해."

"그래서, 뭐야? 언니가 나쁜 사람이란 이야기가 하고 싶어?"

노도카는 곁눈질로 사쿠타를 노려봤다.

"내가 그런 이야기를 할 것 같아?"

"그런 식으로 들리거든?"

가늘게 뜬 그 눈에는 언짢은 기색이 역력했다.

"뭐, 좀 어이없게 들리겠지만 말이야. 마이 씨는 뭐랄까, 특별하잖아? 누구나 다 알고, 인기도 있는 데다, 가만히 있기만 해도 주위에 영향을 끼친달까……."

"……."

어찌 된 건지, 노도카는 약간 놀란 듯한 표정을 지으며 눈을 깜빡이고 있었다.

"토요하마, 그 표정은 무슨 의미야?"

"사쿠타도 언니가 특별하다고 생각하는구나. 아무렇지 않은 얼굴로 사귀니까, 전혀 눈치 못 챈 줄 알았어."

"물론, 나에게 마이 씨는 특별한 사람이야."

"그런 짜증 나는 소리는 됐거든?"

노도카는 딱 잘라 그렇게 말하더니, 정면을 향해 시선을 돌렸다. 맞은편 플랫폼에도 전철을 기다리고 있는 학생이 드문드문 보였다.

"하지만, 사쿠타가 하고 싶은 말이 뭔지는 대충 알겠어."

"정말이야?"

"그런 애, 대학에 들어온 직후에 몇 명 봤거든."

"어떤 애인데?"

"고등학교까지는 아마 학교에서 가장 미인이었던 애야. 하지만 대학에 들어와 보니 언니가 있어서, 자기 캐릭터라든가 포지션이라든가 가치 같은 걸 전부 찾지 못한 바람에 자기 자신을 잃게 됐어."

제대로 설명하지 않았는데도, 노도카는 사쿠타가 하고 싶은 말이 뭔지 이해했다. 그것도 정확하게 말이다.

"왜 의외란 표정을 짓는 거야?"

"그야 진짜로 의외거든."

"나는 캐릭터나 포지션 같은 게 겹치는 사람들이 모이는 세계에 속해 있어. 아이돌을 얕보지 말아 줄래?"

노도카는 내 발을 살짝 걷어찼다.

"아이돌이 팬을 걷어차지 마."

"라이브에도 잘 안 오면서 팬을 자처하지 마."

"무도관에서 콘서트를 하게 되면 갈게."

"사쿠타는 초대 안 할 거니까, 자기 돈으로 티켓 사서 와."

"됐어. 즛키한테 부탁해야지."

가벼운 마음으로 그렇게 대꾸하자, 옆에서 짜증스러운 분위기가 느껴졌다. 노도카는 일부러 자리에서 일어나더니, 코웃음을 치면서 날카로운 로우킥을 날렸다.

"아얏!"

정강치 측면에 발차기가 명중하자, 펑 소리가 울려 퍼졌다.

"이렇게 멋진 발차기를 어디서 배운 거야……."

"요즘 체력 단련으로 킥복싱을 배워."

노도카는 사쿠타에게 과시하듯 킥복싱 스타일의 포즈를 취했다. 그 포즈가 무시무시할 정도로 그럴듯했다. 앞으로는 함부로 놀리지 않는 편이 좋을지도 모르겠다. 노도카의 샌드백이 되는 건 사양하고 싶으니까.

"토요하마가 말하는 『그런 애』는 지금 어떻게 됐어?"

사쿠타는 걷어차인 발을 쓰다듬으면서 이야기를 돌렸다.

"1년쯤 지났으니, 이제 자리 잡지 않았을까?"

노도카는 흥미 없다는 듯이 다시 벤치에 앉았다.

"뭐, 그렇겠지."

"극복했을지, 포기했을지, 새로운 가치관을 찾았을지는 모르겠지만 말이야."

1년 정도의 시간이 있으면, 어떤 형태로든 마음을 정리하는 게 인간이란 생물이다.

"토요하마는 어때?"

"나?"

"마이 씨 피해자 모임의 회장이잖아?"

"이상한 모임, 만들지 마."

노도카가 어깨에 펀치를 날렸다. 사고를 치기 전에, 킥복싱을 관두게 하는 편이 노도카를 위한 일일지도 모른다.

"토요하마야말로 마이 씨의 영향을 마구 받은 사람 중 한 명이잖아?"

고등학교 2학년 가을의 일이다. 배다른 언니…… 마이의 존재를 계기로, 노도카는 사춘기 증후군에 걸렸다. 누구보다 가까이에서 마이의 영향을 받아왔으니 무리도 아니다.

"나는……."

무슨 말을 하려던 노도카의 입술이 한번 움직임을 멈췄다.

그리고 다시 움직였을 때…….

"언니가 참 멀게 느껴져."

노도카는 맞은편 플랫폼을 똑바로 바라보며 혼잣말을 하듯 중얼거렸다.

"온 힘을 다해 노력해도, 전혀 따라잡을 수 없어. 언니가 어떤 곳을 보고 있는지, 나는 지금도 몰라. 주연을 맡은 드라마나 영화가 히트하는 게 당연하고, 망한다면 전부 언니 탓으로 여겨지는데도 불평 하나 못하잖아? 그게 어떤 심정인지, 나는 눈곱만큼도 모르겠어."

그런 의미에서 멀게 느껴진다는 말이다.

"그러니까, 사쿠타."

마지막으로, 노도카는 사쿠타를 쳐다봤다.

진지한 눈길로, 똑바로 응시했다.

"응?"

"사쿠타는 항상 언니의 편이 되어줘."

노도카의 말은, 어떻게 받아들이더라도 사쿠타가 던진 질문의 답이라고 할 수 없었다.

하지만, 사쿠타에게 가장 소중한 점을 알려주는 말이었다.

플랫폼에 전철이 들어왔다. 하네다 공항행 급행 전철이다. 사쿠타와 노도카가 요코하마 역까지 타고 갈 전철이다.

"알았어."

노도카의 말에 그렇게 답한 후, 사쿠타는 자리에서 일어났다.

일어난 후에 마음속으로 한 번 더 중얼거렸다.

4

1월 30일. 월요일.

추위가 매서운 아침부터 외출할 준비를 한 사쿠타는 수업이 없는데도 대학 인근의 카나자와 핫케이 역으로 향했다. 현재 시각은 오전 열 시가 조금 지났다. 수업이 2교시부터

인 날이면, 이 시간에 이 역에 온다.

일주일 전만 해도 많은 학생이 이 역의 플랫폼을 이용했지만, 지금은 봄방학 시기라 한산했다.

자기 발소리가 들릴 정도로 정적이 흘렀다.

한산한 플랫폼을 나아간 사쿠타는 누구에게도 방해받지 않으며 계단을 오르고, 줄 선 사람이 아무도 없는 개찰구를 통과했다.

역사 지붕 밖으로 나가자, 맑디맑은 푸른 하늘이 사쿠타를 맞이했다.

여기서 역 서쪽 방향으로 이어지는 계단을 내려가면 2, 3분만에 대학에 도착한다. 하지만 오늘 사쿠타는 대학과 반대 방향의 계단을 내려갔다.

머리 위편의 고가 철도는 시사이드 라인이다. 그 아래편을 지난 사쿠타는 국도 16호선의 신호등에 걸려 두 번 기다린 후에 바다 쪽으로 걸음을 옮겼다.

그대로 일직선으로 나아가자, 곧 편의점의 파란 간판이 눈에 들어왔다. 사쿠타는 그 앞에서 좁은 길에 들어서듯 모퉁이를 따라 오른편으로 돌았다.

그러자, 바다 위로 쭉 뻗은 참배길이 눈에 들어왔다. 갑자기 나타난 기둥문이 사쿠타를 맞이했다. 길은 아스팔트에서 조그마한 자갈이 깔린 길로 바뀌었다.

한 걸음 나아갈 때마다 대로의 소음에서 멀어졌다. 그 대신 바다가 느껴졌다.

길의 폭은 4, 5미터 정도다. 양옆에는 푸른 소나무가 길을 알려주듯 늘어서 있었다.

바다를 향해 뻗은 외길 끝에는 붉은색 난간이 설치된 조그마한 다리가 있었다. 겨우 몇 걸음이면 지날 수 있는 짧은 다리다.

그 다리를 건넌 사쿠타가 도착한 곳은 다리와 마찬가지로 끝에서 끝까지 열 걸음 정도밖에 안되는 조그마한 섬이었다.

섬에는 비와지마 신사의 사당이 있을 뿐이다.

그래서 당연한 듯이 그곳에 눈길이 가야 하지만, 사쿠타는 다른 장소를 쳐다봤다.

그곳에는 무엇보다 눈길을 끄는 새빨간 뒷모습이 존재했다.

오래간만에 보는 미니스커트 산타다.

사쿠타를 이 자리로 부른 장본인이다.

그녀는 바다를 응시하고 있었다.

사쿠타가 자갈을 밟으며 다가가자…….

"이 신사, 호죠 마사코가 창건했대."

……하고, 토코가 말했다.

"카마쿠라 시대면 팔백 년 전이네. 지금도 남아있다는 게 참 불가사의하지 않아?"

"키리시마 씨의 노래도 앞으로 쭉 남아있지 않을까요?"

옆에 서서 바다를 응시했다. 그런 사쿠타의 시야를, 시사이드 라인 열차가 하늘을 달리듯 지나갔다. 카마쿠라 시대에 살던 사람들은 상상도 못 할 광경이리라.

"음악이 그렇게 오랫동안 남을까?"

회의적인 목소리가 들려왔다.

"경우에 따라서는 남을걸요? 클래식 같은 건 삼사백 년 정도 이어져 온 것도 있잖아요."

그런 음악을 십 년, 이십 년 후에 듣지 않게 될 거란 생각은 들지 않았다. 십 년, 이십 년 후가 되면 그로부터 또 십 년, 이십 년 후에도 들을 거라고 여기지 않을까. 그렇게 생각하면 팔백 년 혹은 천 년 후에도 남아있을 거란 생각이 들었다.

"이런 이야기나 하려고 나를 여기에 부른 거예요?"

"물론 아냐. 여기가 차를 대기 좋거든."

드디어 토코가 사쿠타를 쳐다봤다. 하지만, 그것도 잠시였다.

"따라와. 오늘은 산타클로스 일을 돕게 해줄게."

그렇게 말한 토코는 참배길을 향해 걸음을 옮겼다.

"미리 말해줬으면, 순록 의상을 준비했을 텐데 말이죠."

사쿠타는 토코의 등을 향해 그렇게 말하면서 뒤따라갔다.

10분 후, 사쿠타는 차 안에 있었다.

토코가 운전하는, 카셰어 서비스로 빌린 콤팩트카의 조수석이다.

"산타클로스는 순록이 끄는 썰매로 이동하지 않나 보네요."

차는 국도 16호선을 따라 북쪽으로 향하고 있었다.

"너, 면허 있어?"

"모레부터 교습소에 다닐 예정이에요."

토코의 말에 대답한 사쿠타는 맞은편 차량을 신경 썼다.

"아까부터 뭘 보고 있는 거야?"

"지금 이 상황은 밖에서 어떻게 보이려나 싶어서요."

"사쿠라지마 마이의 남친이, 다른 여성과 밀회를 하는 것처럼 보이지 않을까?"

토코는 심술궂은 미소를 지으며 즐거운 듯이 말했다.

"키리시마 씨가 보인다면, 그렇게 보일지도 모르겠네요."

하지만 현재 토코를 볼 수 있는 사람은 사쿠타 이외에는 미오리 뿐이다.

"운전석에 아무도 없는 차가 달리고 있으면, 좀 무섭지 않을까요?"

그런 차가 스쳐 지나간다면, 분명 다시 쳐다보게 될 것이다.

호러 그 자체다.

"이 세상의 괴담은 그런 식으로 생겨나는 거야."

토코는 남 일을 이야기하듯 그렇게 말했다.

국도 16호선을 달리는, 아무도 안 탄 차량. 아니, 조수석에만 사람이 앉아있는 요괴 자동차. SNS에서 이상한 소문이 돌지 않는지, 집에 돌아가면 검색을 해보는 편이 좋을지도 모른다.

"그러고 보니, 키리시마 씨는 괜찮아요?"

"뭐가?"

"나와 단둘이 만나도 돼요? 사귀는 사람 없어요?"

"없는 것처럼 보여?"

"있는 것처럼 보여요."

사쿠타는 솔직하게 자기 생각을 밝혔다. 처음 만났을 때부터 사쿠타를 대하는 토코의 태도에서는 연인이 존재한다는 느낌이 감돌았다. 이성인 사쿠타를 그다지 의식하지 않았다. 이성과의 이런 거리감에 익숙해 보였다. 차 안에 단둘이 있는 지금 상황 또한 마찬가지였다. 대화를 나누면서도 거리를 재는 듯한 긴장감이 전혀 느껴지지 않았다.

"유감이지만 틀렸어. 남친이 있었던 건 봄까지야."

"헤어진 거예요?"

"알다시피, 남친도 나를 인식하지 못하게 됐어."

앞에서 달리는 차를 쫓는 토코의 얼굴에는 별다른 감정이 어려 있지 않았다. 미니스커트 산타 차림을 한 채, 태연한 표정으로 핸들을 쥐고 있었다.

"그 사람과는 언제부터 사귀었어요?"

"고2 여름이야."

"그럼 아직 홋카이도에 있던 시절이네요?"

대학 진학을 계기로, 토코가 이곳에 오게 됐다는 것을 사쿠타는 이미 알고 있다.

"그래."

"즉, 이와미자와 네네 씨가 키리시마 토코를 자처하기 전이네요?"

"……."

토코는 그 질문에 답하지 않았다.

그녀의 얼굴에는 별다른 감정이 어려 있지 않았다.

아무래도 다른 각도에서 공략하는 편이 좋을 것 같았다.

"상대가 홋카이도 사람이면, 고등학교를 졸업한 후부터는 원거리 연애였나요?"

"함께 이 대학을 지원했는데, 그 애만 떨어졌거든."

토코는 빨간색 신호에 걸린 앞 차량에 맞춰 차를 세웠다.

"심장에 안 좋은 이야기네요."

그것은 사쿠타에게도 찾아왔을지 모르는 미래다.

"그것도 2년 연속으로 말이지."

진짜로 심장에 안 좋은 이야기다.

"그 사람, 지금은 어떻게 됐어요?"

적어도 봄까지는 커플 사이였다는 것을, 토코는 아까 자기 입으로 밝혔다.

"세 번 만에 겨우 붙어서, 봄부터 우리 학교에 다녀."

신호가 파란색으로 바뀌자, 앞의 차량에 맞춰 차가 다시 달리기 시작했다.

"겨우 대학에 붙었는데, 키리시마 씨를 인식하지 못하게 된 거예요?"

"그렇다고 할 수 있지."

토코는 담담한 목소리로 답했다. 의식은 운전에 기울이고 있었다.

"내가 남친 입장이었다면, 마음껏 꽁냥꽁냥댈 텐데 말이에요. 3년 만에 겨우 같은 대학에 다니게 됐으니까요."

"……."

토코는 아무 말도 하지 않았다. 그녀의 얼굴은 당시의 일을 떠올리고 있는 것처럼 보였다.

"합격 보고를 듣고 기뻤나요?"

"기뻤달까, 안심했어. 도쿄로 가겠다고 정한 건 나고…… 그는 나한테 맞춰줬을 뿐이거든."

"그 사람, 어느 학부예요?"

"통계과학."

사쿠타와 같다.

"혹시, 내가 아는 사람이에요?"

사쿠타는 토코의 얼굴을 쳐다봤다. 같은 학부의 모든 학생을 파악하고 있지는 않지만, 다행히 홋카이도 출신이라면 아는 사람이 한 명 있다.

"……."

토코는 대답하지 않았다. 아니라고도, 그렇다고도 말하지 않았다. 하지만 그것이 바로 사쿠타의 말에 대한 토코의 대답이었다.

"후쿠야마군요."

그 말을 하면서, 목소리가 약간 상기됐다. 갑자기 뜻밖의 사실이 판명되면서, 적지 않게 흥분한 것 같다. 사쿠타는 그런 자기 자신을 내면에서 발견했다.

"……."

그런 사쿠타와 달리, 토코는 아무 말도 하지 않았다. 질문에도 답하지 않았다. 아무 말 없이 차만 몰고 있었다.

"후쿠야마는 키리시마 토코의 정체가 이와미자와 네네라는 걸 알고 있나요?"

"몰라."

"왜 말 안 하는 거죠?"

"너도, 여친한테서 무슨 일을 하는지 다 듣는 건 아니잖아?"

"뭐, 그렇긴 해요."

하지만 고등학교 2학년 여름부터 사귀어온 타쿠미가 전혀 눈치채지 못한다는 게 말이 될까. 네네가 아무 이야기도 하지 않을 수 있을까.

네네는 『이와미자와 네네』로서, 모델과 미인대회 이야기를 자랑스레 SNS에 올렸다. 그것으로 「좋아요」와 팔로워를 모았다.

그런 그녀가 키리시마 토코라는 것을, 쭉 숨길 수 있을까.

연인에게 숨길 필요가 있을까.

이 점은, 큰 모순을 품고 있는 것처럼 느껴졌다.

"후쿠야마는『키리시마 토코』를 알아요."

"그런 것 같네."

"그런데 왜, 키리시마 씨가 안 보이는 거죠?"

"내가 키리시마 토코라는 걸 몰라서야."

키리시마 토코와 이와미자와 네네가 동일 인물이라는 것을 안다면, 타쿠미는 네네를 인식할 수 있을 것이다. 인터넷 싱어『키리시마 토코』는 알고 있으니 말이다.

그 논리는 이해된다. 하지만, 진짜로 그게 전부일까.

"후쿠야마에게, 당신은『이와미자와 네네』라서 아닐까요?"

"그게 어쨌다는 거야?"

이 말을 할지 말지, 솔직히 말해 사쿠타는 망설였다. 망설임을 품고 있었다.

하지만, 말하지 않으면 이야기가 진행되지 않는다. 확인해야만 한다. 그래서, 입을 열었다.

"당신은 진짜로 키리시마 토코인가요?"

솔직하게 질문을 던졌다.

대답은 바로 들려왔다.

"나는 키리시마 토코야."

당연한 소리를 하는 듯한 말투였다.

망설임 없는 말.

망설일 필요가 없는 말.

왜냐하면, 그것이 사실이니까.

그렇게 느껴질 만큼 자연스러운 태도와 목소리였다.

토코는 거짓말을 하지 않았다.

그리고 자신의 말을 증명하듯, 토코는 노래하기 시작했다.

크리스마스 이브에 라이브 스트리밍한 크리스마스 송.

사쿠타가 직접 듣지 못했던 노래.

차 안에서 울려 퍼진 아름다운 노랫소리는 그녀가 키리시마 토코라는 것을 증명하고 있었다.

이 순간, 사쿠타는 확실히 그렇게 생각했다. 그렇게 느꼈다. 하지만 마음은 전혀 편해지지 않았고, 여전히 안개가 자욱한 느낌이었다. 안개 속에, 아직 보이지 않는 진실이 숨겨져 있다. 그렇게 생각하는 자기 자신을, 사쿠타는 느끼고 있었다.

차량의 내비게이션이 「곧 목적지에 도착합니다」 하고 알려줬다.

액정에 표시된 지도를 보니, 차량은 요코하마의 모토마치 에어리어를 달리고 있었다.

5

"산타는 모토마치 상점가에서 선물을 조달하는군요."

미니스커트 산타가 부츠의 굽으로 발소리를 내며 사쿠타

의 앞에서 걷고 있었다.

요코하마 모토마치의 상점가. 아케이드가 없는 이곳에서, 푸른 하늘이 사쿠타와 토코를 내려다보고 있었다. 요코하마 개항으로 인근의 야마시타 에어리어와 야마테 에어리어가 외국인 거주지가 되면서 발전한 마을이다.

그런 배경으로 인해, 당시의 서양 문화가 방영된 건물이 지금도 남아있다.

어딘가 그리운 분위기와 함께, 서양 느낌의 분위기가 감도는 특별한 상점가다.

길 양옆에 줄지어 있는 점포에는 모토마치가 생겼을 때부터 있던 오래된 곳도 있는가 하면, 최근에 오픈한 가게도 있다. 과거와 현재, 다양한 문화가 뒤섞여 있는 점은 예전이나 지금이나 변함없을지도 모른다.

주말에는 사람들로 북적이는 인기있는 마을도, 평일 낮이라 사람이 많지 않았다.

그곳을 걷는 미니스커트 산타는 이채롭기 그지없었다.

하지만 당연한 듯이 그 누구도 토코를 신경 쓰지 않았다. 토코의 존재를 눈치채지 못했다.

이제 와서 그 사실에 동요할 리 없는 토코는 신경 쓰이는 가게를 발견하고 거침없이 안으로 들어갔다.

처음에 들어간 곳은 잡화를 취급하는 캐주얼웨어 가게, 다음은 악어 마크가 새겨진 스포츠웨어 가게다. 미국의 캐주얼웨어 가게를 두 곳 정도 살핀 후, 신사복 가게를 세 곳 정도 들렀다.

어느 가게에서도, 토코는 열심히 어떤 물건을 살폈다.

남성용 머플러다.

때로는 사쿠타를 마네킹 삼아 어떤 느낌인지 확인했고, 양복 색상과 맞춰보기를 반복했다. 그런 그녀의 표정은 즐거워 보였으며, 왠지 들뜬 것처럼 보이기도 했다. 마치 연인에게 줄 선물을 찾고 있는 것 같은 분위기다.

한 시간 반에 걸쳐 가게를 돌아본 후, 토코는 도중에 들렀던 미국 캐주얼웨어 가게에 돌아가서 컬러풀한 느낌의 오렌지색 머플러를 구매했다.

"이거, 사줘."

토코는 정성 들여 갠 머플러를 사쿠타에게 건넸다.

"이걸로 산타클로스의 할 일은 끝인가요?"

"이 다음에 한 곳 더 가야 하니까 서둘러."

사쿠타는 재촉하는 토코에게서 머플러를 넘겨받았다.

"선물용으로 포장할게요."

"부탁해."

이미 사쿠타에게서 돌아선 토코가 그렇게 대답했다.

머플러를 구입한 사쿠타가 가게를 나서니, 토코는 인근의 벤치에 다리를 꼰 채 앉아있었다. 겨울 공기와 모토마치의 분위기는 산타클로스와 묘한 조화를 이루고 있었다.

"자요."

사 온 머플러를 토코에게 건넸다.

"고마워."

토코는 머플러를 넘겨받자마자 자리에서 일어섰다.

"그럼 다음 장소로 가자."

짤막하게 말한 후, 성큼성큼 걸음을 옮겼다. 상점가에서 한 블록 뒤편으로 이동하더니, 퐁당 쇼콜라로 유명한 프렌치 레스토랑 앞을 지나갔다. 그대로 걸음을 옮기자, 식빵을 최초로 개발했다면서 TV에서 자주 소개되는 오래된 빵집이 보이기 시작했다.

그 앞에서 왼쪽으로 돌더니, 상점가 쪽으로 돌아갔다. 그런 토코의 발걸음은 오른편을 향하고 있었다. 언덕길이 많은 야마테 에어리어에 발을 들였다.

완만한 계단을 나아가며, 외국인 묘지 부지를 따라서 서서히 언덕을 올라갔다. 요코하마 지방 기상대 앞을 지난 후에도 더 나아갔다. 그곳에는 서양풍 건물이 다수 존재했다.

"어디에 가는 거예요?"

"곧 도착해."

"하지만 벌써 10분 넘게 걸었는데요."

"아직 7, 8분밖에 안 됐어."

"그 정도면 거의 10분이에요."

"자, 도착했어."

뒤를 돌아본 토코는 「여기야」 하고 말하면서, 눈 앞에 펼쳐진 새하얀 서양식 저택을 사쿠타에게 보여줬다. 건물은 점포 느낌으로 개조되어 있었으며, 색상과 분위기는 크리스마스 느낌이 감돌았다. 옆에 있는 정원에는 흰색의 커다란 개가 있었다. 역시 순록은 없었다.

"산타가 살 것 같은 집이네요."

그 말 그대로의 인상을 지닌 건물이다. 입구의 문 옆에는 크리스마스까지의 카운트다운이 새겨진 보드가 걸려 있었다. 아직 1월인데, 벌써부터 크리스마스를 기다리고 있는 것 같았다.

"그 말, 절반은 맞아."

토코가 문을 열고 저택 안으로 들어갔다. 점포 느낌이 아니라 진짜 점포 같았다. 사쿠타는 이유도 모른 채 토코를 따라 안으로 들어갔다.

건물 안으로 한 걸음 들어섰다.

그것만으로, 분명 누구나 같은 감상에 사로잡힐 것이다.

서양식 저택 안은 크리스마스 세계였다.

산타클로스 인형과 순록 봉제 인형, 크리스마스 트리를 표현한 스노우 돔, 산타 옷을 입은 눈사람, 그리고 벽에는 크리스마스카드가 걸려 있었다. ……오른쪽을 봐도, 왼쪽을 봐도, 천장부터 바닥까지, 전부 크리스마스로 가득 채워져 있었다.

이 공간에 있으면, 미니스커트 산타 차림인 토코가 정장을 입고 있는 듯한 느낌이 들었다. 사쿠타야말로 이 자리에 어울리지 않는 복장을 하고 있었다.

"양철로 된 순록을 찾아봐. 손바닥 크기야."

사막에서 다이아몬드…… 정도는 아니지만, 크리스마스 일색인 숲속에서 순록 한 마리를 찾는 건 매우 어려운 일이다.

"이 안에서요?"

하지만, 토코는 사쿠타의 말에 답해주지 않았다. 그녀는 진지하게 순록을 찾고 있었다.

"순록, 순록…… 양철 순록이 어디 있지?"

사쿠타가 그렇게 중얼거리면서 가게 안을 가득 채우고 있는 크리스마스 굿즈를 둘러봤다.

"찾는 물건이 있니?"

그렇게 말한 이는 가게 안쪽에서 나온 점원 아저씨였다.

"양철로 된 순록이 있나요?"

"아, 그거 말이구나."

뜻밖에도 바로 감이 온 듯한 점원 아저씨는 사쿠타를 향해 손짓했다.

"요즘, 이걸 찾는 사람이 몇 명 있었거든."

선반에 찾은 순록 한 마리를, 사쿠타의 손바닥 위에 올려놨다.

"이거, 유행하나요?"

"유행하는 것 아니었어?"

거꾸로 아저씨가 사쿠타에게 물었다.

덕분에 이상한 분위기가 감돌았다.

일단 토코에게 양철 순록을 보여줬다. 그러자 토코는 「그거야」 하고 말하며 고개를 끄덕였다.

"으음, 저기, 이걸 주세요."

"아, 그래. 이쪽으로 오렴."

토코를 두고 카운터 앞으로 이동했다. 돈을 준 후, 양철 순록을 포장해달라고 했다. 이것도 산타클로스가 주는 선물이 되는 걸까.

"자, 또 놀러 오렴."

점원 아저씨가 웃으며 배웅해주는 가운데, 가게를 나섰다.

뭐랄까, 훈훈한 장소였다.

"순록이에요."

방금 구매한 종이봉투를 토코에게 내밀었다. 토코는 그것을 순순히 넘겨받더니, 교환하듯 머플러가 들어있는 종이봉투를 사쿠타에게 내밀었다.

"나한테 주는 거예요?"

"타쿠미한테 건네줘."

"그럼 지금부터 같이 건네주러 갈래요?"

"……"

한순간, 토코가 움직임을 멈췄다.

"오늘, 후쿠야마의 생일이죠?"

"……."

"그래서, 일부러 오늘 나를 부른 거죠?"

"가봤자 소용없어. 타쿠미한테는 내가 안 보이는걸."

"오늘은 보일지도 몰라요."

"몇 번이나 말을 걸어봤지만, 소용없었어."

"오늘은 될지도 몰라요."

"너와는 상관없는 일이야."

토코의 목소리에 짜증이 어렸다.

"상관있어요. 이렇게 끌려다녔잖아요."

"그건 네가 바란 일이잖아."

토코의 눈은 사쿠타를 거절하고 있었다.

그런데도, 물러나지 않으며…….

"빨리 투명 인간을 관두고, 『제가 키리시마 토코예요』라고 나서줬으면 좋겠다고요."

사쿠타는 약간 감정적인 말을 토했다.

"여친을 위해서야?"

"아직도 마이 씨를 『키리시마 토코』라고 생각하는 사람이 있다는 건, 알고 있죠?"

"대체 왜 너와 네 여친을 위해, 내가 나서야만 하는 건데?"

"키리시마 토코인 것이, 당신의 가장 커다란 소망이기 때문이에요."

"……"

"우리의 목적은 일치한다고요."

토코가 입을 다물었다. 당연히, 대답은 하지 않았다. 그것은 토코가 망설이고 있다는 증거다. 아직 아무것도 포기하지 않았다는 증거인 것이다.

"스마트폰 빌려주세요. 후쿠야마의 연락처, 등록되어 있죠?"

"……"

"기대하고 있으니까, 후쿠야마에게 줄 선물을 산 것 아닌가요?"

"……"

"지금 후쿠야마가 쓰는 머플러도, 키리시마 씨가 준 선물 맞죠?"

오늘 산 머플러와 색상이 비슷했다.

"사귄 후에 처음 맞이한 생일에 선물한 거야. 이제 낡았으니까, 새것을 사면 될 텐데 말이지."

"연인이 준 거라 소중히 여기는 거겠죠."

"내가 보이지도 않으면서 말이야?"

"불평은 본인에게 직접 하세요."

사쿠타는 스마트폰을 넘겨달라는 듯이 손을 내밀었다.

"……"

토코의 눈은 사쿠타의 손바닥을 향하고 있었다. 눈동자

에는 아직 망설임이 어려 있었다. 흔들리고 있었다. 어쩌면, 이라는 기대와 그 기대가 어긋났을 때를 저울질하고 있었다. 그런 표정이었다.

그렇게 30초 정도 흘렀을 때였다.

"……알았어."

거의 들리지 않을 만큼 작은 목소리였다.

하지만, 토코는 사쿠타의 손바닥 위에 척 소리가 나게 스마트폰을 올려놨다.

넘겨받은 스마트폰의 전화번호부를 열었다.

『타쿠미』란 이름으로 등록된 번호로 전화를 걸었다.

귀에 대자, 발신음이 들렸다.

첫 신호음 때는 전화가 이어지지 않았다.

"……."

두 번째 신호음 때도 타쿠미는 전화를 받지 않았다.

"……."

사쿠타를 지그시 응시하는 토코의 눈동자에는 기대와 긴장이 어려 있었다.

발신음에 변화가 발생한 건, 세 번째 신호음이 끝났을 때였다. 건너편에서 웅성거리는 소리가 들려왔다. 그리고 약간 뒤늦게…….

"여보세요?"

……라는 미심쩍은 타쿠미의 목소리가 들려왔다.

타쿠미는 네네를 인식할 수 없다. 그러니 이 번호가 네네의 번호라는 것도 인식하지 못하리라. 아마, 타쿠미는 누구한테서 걸려온 전화인지 모르면서 받았을 것이다.

"아, 후쿠야마? 나야, 아즈사가와."

"뭐? 어라? 어째서 아즈사가와야?"

어째서 사쿠타가 스마트폰으로 전화를 걸었는가.

어째서 타쿠미의 번호를 알고 있는 건가.

그런 의문이 타쿠미의 내면에서 소용돌이치고 있는 것을 손에 잡힐 듯이 알 수 있었다.

하지만 그것을 설명하려다간, 본론에 들어가기 전에 해가 지고 말 것이다.

"뭐, 그건 됐고……."

"아니, 전혀 안 됐거든?!"

"후쿠야마, 지금 밖이야? 왠지 주위가 어수선한 것 같은데 말이야."

"카마타 역의 플랫폼에서 케이큐 전철을 기다리는 중이야."

마침 그 타이밍에, 센가쿠지 행 전철의 안내 방송이 들려왔다.

"왜 카마타에 있는 건데?"

"하네다행으로 갈아타고 공항에 가는 길이거든."

"혹시 홋카이도로 귀성하는 거야?"

"그래. 그럴 말한 일이 있거든."

말끝을 흐리는 타쿠미에게서는 평소의 활기가 느껴지지 않았다.

"그런데, 아즈사가와는 무슨 일이야?"

성가신 일이 뭔지 묻기 전에, 사쿠타가 먼저 질문을 받았다.

"아직 시간 있어?"

"일찍 나왔으니까, 예약한 비행기의 출발 시간까지 한 시간 넘게 남았기는 해."

"그럼 공항에서 기다려. 건네줄 게 있어."

"뭐? 무슨 소리야? 갑자기 그런 소리를 하니 무섭거든?"

"후쿠야마, 오늘 생일이라고 했잖아."

"말하긴 했지."

타쿠미는 여전히 당황한 상태였다. 그 심정이 이해가 안 되는 건 아니다. 입장이 반대였다면, 사쿠타도 미심쩍어했을 것이다.

"나는 의외로 성실한 인간이거든. 선물을 준비했어."

"뭐, 좋아. 공항 출발 로비에서 기다릴게. 제2터미널이야."

"금방 갈게. 그럼 좀 이따 봐."

시간이 없기에 서둘러 전화를 끊었다.

"하네다 공항으로 가죠."

사쿠타가 그렇게 말하자, 토코는 살며시 고개를 끄덕였다.

6

신 야마시타 요금소에서 완간선으로 들어선 차 안에서는 정적이 감돌았다.

"……."

"……."

사쿠타와 토코는 한동안 입을 열지 않았고, 옅은 긴장감만이 이 공간을 지배하고 있었다.

솔직히 말해, 타쿠미를 만나러 가는 것은 사쿠타에게 큰 도박이었다. 어떤 결과가 나올지, 지금 단계에서는 짐작조차 되지 않았다.

생일선물인 머플러를 계기로 타쿠미가 네네를 인식할 수 있게 되면 좋다. 그 반대일 가능성도 당연히 있으며, 역시 인식하지 못하고 끝날지도 모른다.

전자라면 당연히 아무런 문제도 없다.

후자일 경우, 겨우 찾은 해결의 실마리를 잃을지도 모른다. 사쿠타도, 네네도 기대를 배신당하는 게 된다. 그것이 네네에게 어떤 영향을 끼칠지 솔직히 모르겠다. 아무것도 달라지지 않을 수도 있고, 상황이 더 나빠질지도 모른다.

리스크는 있다.

그런데도, 사쿠타는 타쿠미에게 걸어볼 수밖에 없다고 생각했다.

사쿠타에게는 네네를 구할 방법이 없는 것이다.

전교생 앞에서 마이에게 고백을 했을 때와는 상황이 다르다. 이와미자와 네네에게 있어, 사쿠타는 아직 당사자가 되지 못했다. 지금도 타인이나 다름없다.

사쿠타에게는 그녀의 존재를 확정시킬 힘이 없다. 리오가 전에 했던 말을 빌리자면, 사랑의 힘이 부족했다.

네네에게 있어서 그 특별한 힘을 발휘할 수 있는 인물이 있다면, 그 사람은 바로 타쿠미다.

그러니, 타쿠미에게 걸어볼 수밖에 없다.

차는 매립지 위를 달리는 완간선을 순조롭게 달리고 있었다.

"후쿠야마에 관한 건데요."

"왜?"

"누가 먼저 고백했나요?"

사쿠타는 앞에서 달리는 차를 쳐다보며, 옆에 있는 이에게 물었다.

"타쿠미가 말을 못해서, 내가 고백하게 유도했어."

"어떻게요?"

"3학년 선배에게 고백을 받았다고 말해줬어."

곁눈질로 옆을 쳐다보니, 토코는 전혀 웃고 있지 않았다. 담담히 말을 잇고 있을 뿐이었다.

"후쿠야마가 얼마나 초조했을지 안 봐도 뻔하네요."

"그랬는데도, 좀처럼 말을 못하더라니깐."

"그만큼 진심이었다는 것 아닐까요?"

"그럴까?"

토코는 사쿠타를 힐끔 쳐다봤다.

"나라면 바로 말하겠지만요."

왼쪽 창밖에는 커다란 제철소 건물이 있었다.

"하긴, 캠퍼스 안에서도 여친에게 좋아한다고 아무렇지 않게 말하잖아."

"나는 보통 사랑한다고 말하는데요."

"너는 참 특이한 애야."

그 말에는, 대답하지 않았다.

그 대신, 사쿠타는 다른 질문을 토코에게 던졌다.

"후쿠야마와는 고등학교 때 알게 됐나요?"

"같은 중학교를 다녔어."

"그 시절부터 후쿠야마를 의식했나요?"

"걔가 나한테 호의를 가지고 있다는 건 의식하고 있었어."

"후쿠야마를 좋아하나요?"

"아까부터 질문만 하네."

잠시 휴식을 취하듯, 토코가 답변을 피했다.

하지만, 사쿠타는 개의치 않으며 이야기를 이어갔다.

"내 생각인데, 배려하지 않아도 되는 부분을 배려하지 않는 점이 후쿠야마의 장점이에요."

"예를 들자면?"

"대학에 입학하고 얼마 안 됐을 때, 마이 씨와 사귀는 게 사실이냐고 가장 먼저 물어본 사람이 후쿠야마죠."

입학 초기, 사쿠타는 『사쿠라지마 마이』의 남친인 것 같다……라는 이유로 주위 학생들에게 흥미에 찬 시선을 받았다. 하지만 누구 한 명 대놓고 물어보지 않았다. 마치 금방이라도 터질 듯한 고름 취급을 받는 느낌이었다.

하지만 타쿠미는 그런 분위기를 깔끔히 무시하며 사쿠타의 옆자리에 앉더니, 아무렇지 않게 그 말을 입에 담았다.

—사쿠라지마 마이와 사귄다는 게 진짜야?

그 한 마디를 통해, 사쿠타의 대학 안에서의 포지션은 확실히 달라졌다. 사쿠타와 마이의 관계는 소문에서 사실로 변했다. 어처구니없는 망상이 현실이 된 것이다.

당사자의 기분이라는 점에서 볼 때, 의외로 그것은 크나큰 변화였다.

"고백은 좀처럼 못하면서, 옛날부터 그런 건 잘했다니깐."

"예를 들자면요?"

"중학생 때, 도쿄에서 이사 온 남자 전학생이 있었어. 그 애, 한동안 학교에 못 다녔던 건지 이런저런 소문이 학교에 돌아서…… 다들 남이 먼저 말을 걸기만 기다렸다니깐."

핸들을 쥔 토코의 얼굴에는 추억을 그리워하는 표정이 어렸다.

"하지만 그런 건 전혀 개의치 않는다는 듯이, 가장 먼저 말을 건 사람이 바로 타쿠미야."

"그건 좀 멋지네요."

"그 전학생 덕분에, 나는 타쿠미를 의식하게 된 걸지도 몰라."

"요즘에는 미팅만 하러 다니니까, 화 좀 내는 편이 좋을지도 몰라요."

"타쿠미 눈에 내가 보이게 되면 그렇게 할게."

토코의 입가에 옅은 미소가 어렸다.

"하지만, 후쿠야마가 연상인 줄은 몰랐네요."

오늘 생일을 맞이한 타쿠미는 스물한 살이 된다. 사쿠타보다 두 살 연상이다.

"앞으로는 존댓말을 써야겠어요."

"그러면 타쿠미가 분명 화낼걸?"

"소중한 여친을 잊은 남자는, 그 정도 벌을 받아야 마땅해요."

"너는 정말 특이하네."

"평범한 애인데요."

내비게이션을 보니, 하네다 공항까지 남은 거리는 3킬로미터다. 어찌어찌 비행기가 이륙하기 전에 타쿠미를 만날 수 있을 것 같다. 하지만 탑승 수속과 수하물 검사에 걸리는 시간을 생각하면, 여유가 있는 건 절대 아니다.

만나더라도 5분, 10분 정도 이야기를 나누는 게 한계다.

시간적으로 여유가 있는 건 아니다. 한정된 시간 속에서 『이와미자와 네네』의 존재를 되찾게 할 수 있을지는 미지수다.

그런 인식이, 차 안의 긴장감을 더욱 끌어올렸다.

거대한 공항의 건물은, 이미 눈에 들어오고 있었다.

이륙한 비행기는, 하늘 높이 날아올랐다.

대형 입체 주차장에 차를 세우는 데 시간이 조금 걸렸지만, 사쿠타와 토코는 내비게이션에 표시된 도착 시간보다 꽤 빠르게 하네다 공항에 도착했다.

하지만, 아직 공항에 왔을 뿐이다.

이곳은 국내 굴지의 넓이를 자랑하는 하늘의 현관이다. 차를 내린 후에도 타쿠미가 기다리는 제2터미널에 가는 데는 시간이 걸린다.

엘리베이터로 서두르는 사쿠타의 발걸음에는 초조함이 어렸다.

"후쿠야마가 말한 제2터미널은⋯⋯."

"그 엘리베이터로 내려가면 돼."

토코는 벽의 버튼을 눌러서 엘리베이터를 불렀다. 누른 것은 물론 『아래』로 내려가기 위한 버튼이다.

곧 엘리베이터가 도착했다.

서둘러 탄 사쿠타는 문을 닫으면서 『출발 로비』라고 적힌 2층 버튼을 눌렀다.

엘리베이터는 소리를 내지 않으며 내려갔다.

탄 사람은 사쿠타와 토코 뿐이다.

"……."

"……."

두 사람 다 아무 말도 하지 않았다. 정적만이 엘리베이터 안을 가득 채웠다. 겨우 몇 초가 묘하게 길게 느껴졌다.

드디어 도착을 알리는 벨이 울렸다.

문이 열리기를 기다린 후에 밖으로 나갔다. 그곳은 출발 로비였다.

수평으로 길고 넓은 공간이었다. 오른쪽을 봐도 왼쪽을 봐도, 가장자리의 벽이 어렴풋이 보일 정도였다. 천장 또한 높아서 개방감이 느껴졌다.

항공사의 수속 카운터. 체크인 기계가 나란히 설치되어 있었다. 그 옆에는 보안검사장 입구가 있었다.

그곳과 마주하듯, 기념품과 도시락을 취급하는 매점 및 자판기가 준비되어 있었다.

평일이라서 그런지 이용객이 그렇게 많지는 않지만, 이 넓은 곳에서 사람 한 명을 찾는 건 솔직히 무모했다.

"스마트폰을 빌려주세요. 후쿠야마에게 연락해볼게요."

사쿠타가 그렇게 말했을 때, 토코가 그의 뒤편을 쳐다봤다.

"찾았어. 저기야."

토코의 시선은 『2』라는 숫자가 달린 시계 바로 옆을 향했다.

벤치에 앉아있는 젊은이는 바로 타쿠미였다. 청바지 차림에 두꺼운 코트를 걸치고 있었다. 목에는 낡은 머플러를 감고 있으며, 손에 쥔 스마트폰을 보고 있었다.

사쿠타는 심호흡을 한 번 한 후, 타쿠미에게 다가갔다.

"후쿠야마."

말을 건네자, 타쿠미는 놀란 표정으로 고개를 들었다.

"진짜로 왔구나."

"온다고 했잖아."

"너무 갑작스러워서 농담인 줄 알았다고."

타쿠미는 어처구니없다는 듯이 쓴웃음을 지었다. 그에게 어울리는 웃음이었다.

일단 무사히 타쿠미와 합류했다.

하지만, 문제는 이제부터다.

이 순간에도 사쿠타는 타쿠미에게 어떻게 말을 꺼내면 좋을지, 명확한 답을 찾지 못했다. 『이와미자와 네네』에 대해 있는 그대로 설명하더라도, 그가 이해해줄 거란 생각이 도저히 들지 않았다. 타쿠미에게 있어서는 보이지 않는 존재다. 인식할 수 없게 된 존재다. 그것은 즉, 존재하지 않게 된 존재다.

그런 망설임 탓에, 사쿠타의 시선은 토코를 향했다. 사쿠타의 대각선 뒤편에 서있는 토코를 말이다.

한 걸음 앞으로 나선 토코의 입술이 천천히 움직였다.

"타쿠미."

입에서 흘러나온 건, 소중한 연인의 이름이었다.

"일부러 와줬는데 미안하지만, 시간이 별로 없어."

하지만, 타쿠미의 눈은 사쿠타를 향하고 있었다. 눈곱만큼도 토코 쪽을 향하지 않았다. 그가 말을 건넨 상대는 사쿠타였다.

선물을 든 토코의 손에 힘이 들어가는 걸 알 수 있었다.

"타쿠미, 내 말을 들어줘. 이쪽을 봐."

토코가 호소해도, 타쿠미는 그 목소리에 반응하지 않았다.

"슬슬 수하물 검사를 안 받으면, 비행기를 놓치겠네."

전혀 맞물리지 않는 두 사람의 목소리. 그 점이, 사쿠타가 입을 열게 만들었다.

"저기, 후쿠야마."

"응?"

"그 머플러 말이야."

"이거?"

타쿠미는 몸 앞쪽으로 늘어뜨리고 있는 머플러의 끝부분을 움켜잡았다.

"누구한테 받은 건지 기억해?"

"누구한테…… 어? 어라?"

가벼운 어조로 대답하려던 타쿠미는 갑자기 말문이 막혔다.

"……."

곧 타쿠미의 표정이 기묘한 의문에 휩싸였다. 왜 모르는 건지, 미간을 찌푸리며 고민하고 있다. 그 불쾌함 탓에 입가를 일그러뜨리고 있다.

"진짜로, 어떻게 된 거지……?"

타쿠미의 의문은 자기 자신을 향하고 있었다. 그렇게 한동안 생각에 잠겼지만, 답에 도달하지 못했다. 아무리 생각해도 답은 나오지 않았다.

"후쿠야마는 소중한 사람을 잊었어."

"……뭐? 무슨 소리야?"

타쿠미는 영문을 모르겠다는 표정을 지었다.

"그 머플러를 준 건, 후쿠야마가 고등학생 시절에 사귀던 여친이야."

"뭐? 에이, 말도 안 돼!"

타쿠미는 그 말을 농담으로 치부하며 웃음을 터뜨렸다.

"……."

하지만, 사쿠타의 표정은 진지했다. 실없이 웃지도, 빙그레 미소 짓지도 않았다.

"진짜로, 후쿠야마가 여친에게 받은 거야."

다시 한번, 사실을 말했다.

"……."

이번에는, 타쿠미가 말없이 그 말을 받아들였다.

표정에 남아있던 미소는, 시간이 흐르면서 사라졌다.

"……미안한데, 아즈사가와가 무슨 말을 하는 건지 모르
겠어."

10초 동안 생각에 잠긴 후, 타쿠미는 겨우 입을 뗐다.

"후쿠야마는 잊은 거야. 정확히는, 인식을 못 하게 됐어."

"……"

타쿠미는 사쿠타를 똑바로 바라보며, 눈만 계속 깜빡였다.

"그 머플러를 준 사람이, 생각 안 나지?"

"……그건, 그래."

"……"

사쿠타와 타쿠미의 대화를, 토코는 입을 꼭 다문 채 지켜
보고 있었다.

"진짜로, 후쿠야마는 고등학교 때 사귄 여친이 있어."

"……"

타쿠미의 표정에 변화는 없었다. 의문과 당혹에 휩싸인
채 굳어 있었다.

"중학교부터 같이 다녔고, 고2 여름에 후쿠야마가 고백했어."

"……"

무슨 말을 해도, 타쿠미는 사쿠타를 지그시 응시할 뿐이
었다. 아무리 진지하게 이야기해도, 사쿠타의 말을 이해하
지 못했다. 영문을 알 수 없는 이 상황에 당황하면서도, 사
쿠타의 말에 귀를 기울이고 있었다.

"그 사람의 이름은 이와미자와 네네."

그 이름을 입에 담자, 토코가 숨을 삼켰다.

하지만, 타쿠미의 대답은……

"미안한데, 진짜로 모르겠어."

……였다.

네네의 표정이 얼어붙었다. 눈동자에서 감정이 사라지는 게 느껴졌다.

"나, 진짜로 그 사람과 사귀었어?"

"그 머플러가 증거야."

타쿠미는 자신의 목에 맨 머플러를 다시 쳐다봤다.

"……"

머플러를 쳐다보며 꼼짝도 하지 않았다. 표정에도 변함이 없었다.

침묵에 숨이 막혔다.

"아즈사가와, 미안하지만……"

타쿠미는 이제까지 본 적이 없을 만큼 곤란한 표정을 짓고 있었다.

"나, 진짜로 모르겠어."

이 상황에 진심으로 난처해하고 있는 표정이었다.

타쿠미가 힘없이 웃었다. 이해할 수 없는 이야기를 느닷없이 들었지만, 어떻게든 상황을 수습해보려 하는 미소였다.

"다시 한번, 잘 생각해봐."

사쿠타가 그렇게 말하기 전에, 공항 운영 스태프의 목소리가 출발 로비 쪽에서 들려왔다.

"신치토세 공항행 555편에 탑승하실 손님께서는 수하물 검사를 서둘러 주십시오."

"아, 큰일났네. 나, 이만 가봐야 해."

타쿠미는 벤치에 둔 가방을 들면서 몸을 일으켰다.

"기다려, 후쿠야마."

"이 이야기는 다음에 여유 있을 때 하자. 미안하지만, 지금은 진짜로 바빠."

사쿠타는 보안검사장을 향해 향하면서 계속 말했다.

"믿기지 않을지도 모르지만, 나는 거짓말을 하는 게 아냐!"

"아즈사가와가 그런 녀석이라는 건 알아."

"진짜란 말이야!"

"안다니깐 그러네."

그걸로 시간이 다 됐다. 타쿠미는 스마트폰 화면을 입장 게이트에 대더니, 보안검사장으로 들어갔다. 티켓이 없는 사쿠타는 저 안으로 들어갈 수 없다.

안에 들어간 타쿠미를 뒤를 돌아보며 가볍게 손을 흔들었다.

그러자 사쿠타도 가볍게 손을 흔들었다.

"배웅와줘서 고마워."

타쿠미는 그 말을 남긴 후, 금속탐지기 너머로 사라졌다.

이렇게 되면 사쿠타는 할 수 있는 게 없다.

이렇게 될 가능성도 생각은 했다.

이렇게 되지 않을 가능성에 기대를 걸었다.

그렇기에, 낙담하지 않았다면 거짓말일 것이다.

그리고 그 낙담은, 사쿠타보다 토코가 더 크게 느꼈으리라.

타쿠미를 배웅한 사쿠타는 아까까지 이야기를 나눴던 벤치 쪽을 돌아봤다.

"키리시마 씨……?"

거기 있어야 할 인물이 없다.

있다면 바로 눈에 들어올 미니스커트 산타가 보이지 않았다.

눈에 들어온 것은, 눈에 익은 선물 꾸러미다.

방금 전까지 토코가 있던 장소에, 산타클로스가 주는 선물이 덩그러니 놓여 있었다.

제3장

Someone

1

"자, 오늘 실습은 여기까지입니다."

기능 실습을 마친 사쿠타의 체크 시트에 머리가 동글동글
한 강사가 빨간색 도장을 찍었다. 첫날인 오늘은 안전 운전
의 마음가짐을 배우고, 운전 시뮬레이터를 이용한 실습만
했다. 실제로 차에 타는 건 다음부터다.

사쿠타가 다니기로 한 교습소는 후지사와에서 토카이도
선으로 바로 옆 역인 오오후나에 있다. 새하얀 관음상이 내
려다보는 역에서 북쪽으로 약 5분 걸어간 곳에 위치했다.
주소상으로는 요코하마 시지만, 『카마쿠라』라는 이름이 붙
은 자동차 학교다. 역은 오오후나, 주소는 요코하마, 교습소
의 이름은 카마쿠라. 시의 경계에 위치한 마을은 여러 지명
이 복잡하게 쓰이는 것 같다.

"앞으로도 힘내시고, 안전 운전하세요."

"감사합니다."

교관에게 인사를 한 후, 교습소의 로비로 돌아갔다.

접수처에서 다음번 이후의 예약을 잡는 것으로, 오늘 교
습은 전부 끝났다.

다소 긴장하기는 했지만, 끝났다고 생각한 순간에 긴 한
숨이 입 밖으로 흘러나왔다. 그 뒤를 이어⋯⋯.

"어떻게 하지⋯⋯."

……하고, 곧 혼잣말을 중얼거렸다.

딱히 교습 관련으로 생각한 것은 아니다.

머릿속은 이미 다른 일을 생각하고 있었다.

지금 사쿠타가 고민하는 건 딱 하나다.

키리시마 토코…… 이와미자와 네네에 관한 문제다.

타쿠미와 사귀었다는 것까지 알아낸 것까지는 좋지만, 그 후가 좋지 않았다. 이틀 전, 하네다 공항에서 좋은 일이 전혀 없었다.

실패했다고 표현하는 편이 정확할지도 모른다.

그 후, 사쿠타는 서둘러 공항 주차장으로 향했지만 토코가 운전하던 콤팩트카는 이미 없었다. 당연히 토코의 모습도 보이지 않았다.

사쿠타를 내버려 두고, 혼자 돌아가버린 것이다.

덕분에 사쿠타는 전철로 집까지 돌아가야 했다. 타쿠미에게 줄 선물인 머플러 또한 사쿠타가 챙겼고, 현재는 그의 집에 있다.

상황은 여의치 않다.

그래도 타쿠미가 한 가닥의 희망이란 사실에는 변함없다. 이와미자와 네네의 사춘기 증후군을 고칠 수단이 그것 말고도 있을 리가 없다. 설령 있더라도, 찾을 시간이 없다. 오늘은 2월 1일. 마이가 의식불명의 중태가 되는 2월 4일은 코앞까지 다가와 있었다.

대체 무슨 말을 해야 타쿠미가 생각나게 만들 수 있을까. 지금은 짐작조차 되지 않았다. 솔직하게 사실을 전해봤자, 공항과 같은 결과로 이어지리라는 것을 상상할 수 있었다.

설령 타쿠미가 사쿠타의 말을 믿어주더라도, 네네가 보이게 되지 않는다면 의미가 없다. 인식할 수 있게 되지 않는다면 의미가 없는 것이다.

우선 타쿠미에게 『이와미자와 네네』를 떠올리게 할 필요가 있다.

그러기 위해서는 뭘 어떻게 해야 할까.

그 핵심적인 부분을 모른다.

해결의 실마리조차 찾지 못했다.

그런 심정이 아까 전의 「어떻게 하지」란 한숨에 집약되어 있었다.

"세상에서 가장 귀여운 여친이 있는데, 표정이 참 어둡네요."

옆에서 느닷없이 그런 말이 들려왔다.

고개를 돌려보니, 아는 이가 바로 옆에 서 있었다.

입가에 미소를 머금은 그 사람은 바로 미오리였다.

"미토도 이 교습소에 다니는 구나."

"이미 임시 면허를 땄어. 아즈사가와는 어때?"

"오늘이 첫날이야."

"호오. 그럼, 뭐든 물어보시게나."

미오리는 사쿠타의 어깨에 손을 얹으면서 선배 행세를 했다.

"그럼 미토는 미니스커트 산타를 어떻게 생각해?"

"아니, 운전에 관한 걸 물으란 말이야."

미오리는 「알면서 그러는 거지?」 하고 말하는 듯한 표정을 지었다. 물론, 알면서 그러는 것이다. 사쿠타는 알면서, 지금 가장 궁금한 점에 관해 미오리에게 물었다.

"미토가 뭐든 물어보라고 했잖아."

"뭐, 좋아. 그 일 관련으로 아즈사가와에게 보여주고 싶은 게 있거든."

미오리는 뜻밖의 대답을 입에 담았다.

"보여주고 싶은 것?"

대체 무엇일까. 짐작도 안 된다.

"지금 시간 있어?"

미오리는 고개를 살짝 기울이는 귀여운 포즈를 취하며 물었다. 저런 얼굴로 저런 소리를 한다면, 웬만한 남자들은 바로 따라갈 것이다. 사쿠타도 예외는 아니다.

"아르바이트도 없으니까, 시간이라면 넘쳐흘러."

"그럼, 따라오시게나."

미오리는 전장에 나서는 장수처럼 오른손을 깃발처럼 흔들었다. 그러자 교습소와 자동문이 마법처럼 열렸다.

"여기예요."

미오리가 안내한 곳은 오오후나 역의 남쪽 출입구였다.

대로변에 있는 상업 빌딩 1층에 있는 돈가스 가게 앞이다.

"왜 돈가스 가게에 온 거야?"

"모처럼 아즈사가와도 있으니까 혼자선 가기 힘든 가게에 들어가 볼까 싶었거든."

미오리는 실로 여대생다운 이유를 입에 담았지만……

"실례합니다~."

프렌들리하게 인사를 하며 앞장서서 가게 안에 들어갔다.

"들어가기 힘든 가게라고 안 했어?"

사쿠타는 누구도 답해주지 않는 의문을 입에 담은 후, 미오리를 뒤따르며 가게 안으로 들어갔다.

"어서 오세요."

밝은 목소리로 맞이해준 점원 아주머니의 안내를 받아서, 널찍한 4인용 테이블에 앉았다. 아직 오후 다섯 시가 지난 지 얼마 안 된 가게 안에는 정장 차림의 남자 손님이 두 명 있을 뿐이었다. 영업을 마치고 돌아가는 길인 듯한 느낌이었다.

일단 가게에 들어왔으니 뭐라도 시켜야 한다. 메뉴를 살펴본 사쿠타는 정석이자 왕도인 등심 돈가스 세트를 주문했다. 미오리는 한참을 고민하더니, 블랙 돈가스 카레라는 것을 주문했다.

"그런데, 미토가 보여주고 싶다는 게 뭐야?"

사쿠타는 컵의 물을 한 모금 마신 후에 입을 열었다.

"잠깐만 기다려."

미오리는 옆 의자 위에 놓아둔 토트백을 향해 손을 뻗었다. 그녀가 꺼낸 것은 전에도 봤던 사과 마크 노트북이었다.

미오리는 테이블 위에 펼쳐둔 노트북을 켰다.

그리고 키보드를 두드리더니…….

"이거야."

사쿠타에게도 화면이 보이도록, 노트북을 돌렸다.

화면에 표시된 것은 삼각형 재생 버튼이 표시된 동영상 투고 사이트였다.

정지 상태의 동영상 창은 현재 시꺼먼 상태였다.

"아무것도 안 보이거든?"

"이제부터 보일 거예요. 그럼 재생할게."

미오리는 그렇게 말한 후, 재생 버튼을 울렸다.

화면에 나온 것은 조그마한 실내홀이었다. 객석에서 스마트폰으로 무대를 찍은 세로 영상이다. 사쿠타는 저 무대가 눈에 익었다.

"여긴 우리 대학의 홀 맞지?"

"응. 작년이랄까, 재작년의? 미인대회 영상 같아."

낮은 볼륨의 음성에 귀를 기울여보니, 상영 직전의 영화관 같은 술렁거림이 감돌고 있었다. 뭔가를 기다리는 기대에 찬 숨결이 느껴졌다.

"자, 봐."

미오리가 화면을 가리켰다. 그 타이밍에, 무대 뒤편에서 한 여학생이 나왔다. 청초한 흰색 원피스를 입고 있었다. 등을 꼿꼿이 폈으며, 경쾌한 발소리를 기분 좋게 내고 있었다. 모델 같은 발걸음으로 걷고 있는 이는 바로 이와미자와 네네였다.

진행을 담당한 학생이 「그럼 참가번호 1번, 이와미자와 네네 양이 특기를 선보이겠습니다」 하고 말하자, 홀 전체의 분위기가 달아올랐다.

환성과 박수 속에서, 네네는 무대에 놓인 피아노 앞에 앉았다.

그녀는 심호흡을 한 번 했다.

그에 맞춰, 환성과 박수가 잦아들었다.

그 직후, 건반에 올려둔 네네의 손가락은 어디선가 들어본 적 있는 멜로디를 연주했다.

"키리시마 토코의 노래 맞지?"

사쿠타가 고개를 들어서 미오리를 쳐다보자, 그녀는 화면을 주시하며 말없이 고개를 끄덕였다.

기나긴 전주가 끝났다.

네네는 크게 숨을 들이마셨다.

다음 순간, 눈을 감은 네네의 노랫소리가 행사장의 공기를 상냥히 뒤흔들었다. 보이지 않는 노래의 파도가, 몸속을 휩쓸고 지나갔다.

몸을 보듬는 듯한 그 감촉에, 감정이 한발 늦게 뒤따랐다.

발치에서 머리를 향해 고양감이 단숨에 치솟았다.

우선 관객들은 말문이 막혔다. 이 자리에 모인 이들은 환성을 지르고, 손뼉을 치며, 분위기를 띄울 생각이었을 텐데…….자기들도 그 분위기에 취할 생각이었을 텐데……. 완전히 압도당한 채 노래에 귀를 기울이고 있었다.

그러고도 남을 만큼 매력적인 노랫소리였다.

사쿠타도 입을 반쯤 벌린 채, 영상을 끝까지 지켜보기로 했다.

이윽고 이 자리에 있는 모든 이들의 마음을 사로잡은 채, 네네는 노래를 마쳤다.

피아노 연주가 뒤늦게 끝났다.

그런데도 행사장 안은 정적이 감돌고 있었다.

네네가 의자에서 일어나자, 관객의 감정이 뒤늦게 폭발했다. 흥분에 찬 함성이 터져 나왔다. 「대단해!」, 「최고!」, 「본인 같네!」 그런 찬사의 말이 줄지어 들려왔다. 누군가가 손가락 휘파람마저 불고 있었다.

박수가 잦아들지 않았다.

흥분이 멎지 않았다.

영원토록 이어질 듯한 기세였다.

결국, 동영상이 먼저 끝을 맞이하고 말았다.

열광 속에서 화면이 까맣게 변했다.

"재생 횟수도 엄청나."

미오리는 화면에 표시된 숫자를 손가락으로 가리켰다.

"200만……."

그렇게 적혀 있었다.

"코멘트도 봐봐."

미오리가 화면을 아래쪽으로 스크롤했다.

—완전 대박

—진짜 잘하네

—저기, 키리시마 토코와 닮은 것 같지 않아요?

—노랫소리는 완전 본인 같았어

—설마 본인이 등장한 거야?

—누가 검증해봐

—아무리 생각해봐도, 키리시마 토코 맞네

"마지막 코멘트는 열 달 전인 4월에 달린 거구나."

"이후로 다들 그녀를 인식하지 못하게 된 거야."

아마, 그 추측은 올바를 것이다.

"키리시마 토코가 이 노래를 부르는 영상은 없어?"

"자, 여기 있사옵니다."

사쿠타가 그 말을 할 거라고 예상하고 있었던 건지, 미오리는 이미 영상을 준비해뒀다.

재생 버튼을 눌렀다.

나온 것은 뮤직비디오다. 아동 공원의 그네에 양철 순록이 놓여있는 영상이다. 사쿠타는 그 순록이 눈에 익었다.

"이 순록……."

일전에 네네와 함께 모토바치에 갔을 때, 야마테 에어리어에 있는 산타의 집에서 구입한 것이다.

거기에 정신이 팔려있을 때, 전주가 끝나면서 들려온 노래가 고막을 자극했다. 첫 한마디로 의식은 노랫소리에 완전히 빠져들었다. 그 정도로, 아까 들은 이와미자와 네네의 노랫소리와 흡사했다. 1절도, 2절도, 후렴 전부분도, 후렴도 완전히 똑같이 들렸다. 위화감이 없었다.

아무것도 모른다면, 전혀 의심하지 않으며 동일 인물이 노래했다고 생각할 것이다. 틀림없다.

키리시마 토코 본인 아닐까, 하며 댓글창이 시끌벅적한 것도 이해가 됐다.

"이것만 들으면, 나도 그녀가 키리시마 토코라고 생각할 거야."

"SNS에서도 키리시마 토코 본인 아니냐며 시끌벅적했나 봐."

두 영상을 비교해보니, 더 그런 생각이 들었다.

"이와미자와 네네 씨의 SNS에도 질문이 잔뜩 달렸어."

"미토는 꽤 세세한 데까지 살펴봤구나."

"그야 나와 아즈사가와에게만 보이는 사람이 있다니, 되게 무섭잖아."

지당한 의견이다.

"미토는 어떻게 생각했어?"

"뭘 말이야?"

"비슷하다, 비슷하지 않다 같은 거 말이야."

"비슷하긴 한가?"

미오리는 의문이 섞인 애매한 대답을 입에 담았다.

"본인이라고는 생각 안 하는 거야?"

"실은, 이런 것도 발견했어."

미오리는 노트북을 조작해서 다른 화면을 표시했다.

브라우저 안에 표시된 것은 투고 영상 일람이다. 세로로 정렬된 영상들은 화면을 아래쪽으로 스크롤하자 계속 이어졌다. 백 개 정도는 될 것 같았다.

섬네일에는 하나도 빠짐없이 『키리시마 토코』라는 이름이 새겨져 있었다.

미오리는 그중 하나를 적당히 골라서 재생시켰다.

흘러나온 것은 방금 네네 버전과 토코 버전으로 들었던 바로 그 노래다. 영상은 녹음 스튜디오 같은 장소였으며, 노래하고 있는 건 20대 초반으로 보이는 장발의 여성이다. 카메라는 그녀를 옆에서 찍고 있었다.

그리고, 그 노랫소리는 네네와 비슷했다. 그것은 곧, 키리시마 토코의 노랫소리도 쏙 빼닮았다는 의미다.

적어도, 한번 듣기만 해서는 다른 사람의 노래처럼 들리지 않았다.

"이건 뭐야?"

사쿠타는 미오리를 쳐다보며 순수한 의문을 입에 담았다.

"『키리시마 토코』로 검색해보니 나온 영상이야. 이런 게 백 개 넘게 있더라니깐."

"전부, 키리시마 토코와 노랫소리가 비슷한 거구나?"

"응."

미오리는 조용히 고개를 끄덕였다.

"모든 영상에, 『진짜 같아』란 댓글이 있어."

노트북을 조작하는 미오리의 손가락이, 그중 하나를 화면에 띄웠다.

—이 사람이 진짜네

—키리시마 토코, 발견!

—이번에야말로 틀림없어

네네의 영상에서 달렸던 것과 비슷한 댓글이 적혀 있었다.

"재생 횟수도 거의 비슷하네."

미오리가 당혹스러운 표정으로 사쿠타를 쳐다봤다.

"200만 번 정도구나."

미오리는 고개를 끄덕였다.

"그리고 시기는 다르지만, 어느 순간을 경계로 해서 그런 댓글이 달리지 않게 됐어. 이와미자와 네네 씨의 동영상처럼 말이야."

미오리는 더욱 당혹스러운 표정을 지으면서 그렇게 말했다.

거기까지 듣고, 미오리가 하고 싶은 말이 뭔지 그제야 눈치챘다. 이해했다. 자연스럽게 사쿠타의 표정도 당혹감에 일그러졌다. 아마 거울을 본다면 미오리와 같은 표정을 짓고 있을 것이다.

"설마 이 사람들까지, 보이지 않게 된 건 아니겠지?"

미오리의 입가에는 메마른 미소가 어렸다.

"그렇게 생각하고 싶진 않지만……."

사쿠타는 말을 잇고 싶지 않았기에, 도중에 입을 다물었다.

그럴 가능성이 있다는 느낌이 들었다.

그렇게 생각했기에, 미오리는 사쿠타에게 물어본 것이다.

그렇게 생각하기에, 사쿠타는 쓰디쓴 웃음을 지을 수밖에 없었다.

두 사람 사이에서 답답함이 섞인 미묘한 공기가 흘렀다.

"골치 아픈걸."

"골치 아프네."

서로가 무슨 말을 한들, 의문이 풀리지는 않을 것이다.

그것을 알기에, 이렇게 말할 수밖에 없었다.

바로 그때…….

"음식 나왔습니다."

점원 아주머니가 쟁반 두 개를 들고 왔다.

하나는 사쿠타가 주문한 등심 돈가스 세트.

다른 하나는 미오리가 주문한 블랙 돈가스 카레.

"아, 저기요."

점원 아주머니가 요리를 테이블 위에 내려놓은 후, 사쿠타는 아주머니에게 말을 건넸다.

"네, 왜 그러시죠?"

아주머니는 붙임성 좋은 미소를 지으며 사쿠타를 쳐다봤다.

"이 영상 좀 봐주시지 않겠어요?"

사쿠타가 눈짓으로 신호를 보내자, 미오리는 노트북을 돌려서 아주머니에게 화면을 보여줬다. 영상은 재생되고 있었다.

아까 사쿠타와 미오리가 본, 20대 초반의 여성이 노래하는 영상이다.

"아무것도 안 나오네요."

"노래는 들리지 않나요?"

사쿠타의 질문에 맞춰, 미오리는 노골적으로 볼륨을 높였다. 가게 전체에 울려 퍼질 정도로 소리가 컸다.

"젊은이한테는 들리는 걸려나. 모스키토음이라고 하던가? 하아, 나이 먹기 싫네."

그렇게 말한 아주머니는 사쿠타와 미오리를 향해 미소를 지었다.

"갑자기 이상한 부탁을 드렸는데, 감사해요."

"괜찮아요. 그럼 식사 맛있게 하세요."

점원 아주머니는 새로 가게에 들어온 손님을 향해 「어서 오세요」 하고 말을 건네며 맞이했다.

그 모습을 본 미오리는 노트북을 천천히 덮었다. 그리고 조심조심 가방에 집어넣었다.

"정말 골치 아픈걸."

완전히 허세에서 우러난 쓴웃음을 머금었다.

스스로도 자기 표정이 질렸다는 것을 알 수 있었다.

그「골치 아프다」는 말에는 진심이 어려 있었다.

"정말 골치 아프네."

미오리도 그녀답지 않게 헛웃음을 흘렸다.

사쿠타와 똑같은 표정을 짓고 있었다.

"일단, 먹자."

두 사람에게 있어 유일한 구원은, 눈앞에 놓인 등심 돈가스 세트와 블랙 돈가스 카레가 맛있어보인다는 점이었다.

"응. 잘 먹겠습니다."

"잘 먹겠습니다."

2

"정말, 골치가 아픈걸."

오오후나 역에서 미오리와 헤어진 사쿠타는 혼자서 전철을 타고 후지사와에 돌아왔다. 역에서 자신이 사는 맨션을 향해 걸어가면서, 몇 번이나 같은 말을 중얼거렸다.

"골치 아픈걸."

완만한 언덕길을 걸어 올라가면서도.

공원 옆을 지나치면서도.

맨션에 도착해서, 우편함을 살펴볼 때도.

엘리베이터 안에서도.

현관문을 열 때도 「골치 아픈걸」이라고 무의식적으로 중얼거렸다.

이제는 뭐 때문에 「골치 아픈걸」이라고 생각하는 건지, 자기 자신도 모르겠다.

이와미자와 네네 외에도 투명 인간이 있을지도 모른다는 점 때문일까.

그 사실을 알았기 때문일까.

굳이 따지자면, 후자다.

몰랐으면, 신경 쓰지 않았을 것이다.

"정말, 골치 아픈걸."

문을 열고, 집 안으로 들어갔다.

신발을 벗었을 때, 거실의 전화가 울렸다.

"네, 지금 가요."

서둘러 거실로 향했다.

전화기의 디스플레이에는 본 적이 있는 듯한, 없는 듯한 번호가 표시되어 있었다.

일단, 수화기를 귀에 대고…….

"네."

……하고, 사무적인 목소리로 전화를 받았다.

상대가 숨을 삼키는 게 느껴졌다. 묘한 긴장감이 전해져 왔다.

"저기, 아즈사가와 씨의 집 맞나요?"

그 목소리를 들은 순간, 사쿠타는 전화 상대가 누구인지 눈치챘다. 번호가 본 적 있는 듯한 느낌이 든 것도 이해가 됐다.

"저는 후쿠야마라고 합니다."

전화 상대 또한 그렇게 자기 자신을 밝혔다.

"나야. 무슨 일 있어?"

"다행이야. 아즈사가와구나. 스마트폰 좀 사. 네 연락처를 구하느라 얼마나 힘들었는지 알아? 미팅 때 만났던 아스카 양한테도 연락했다고~."

"미래의 간호사 아가씨구나."

그 미팅에는 치하루라는 간호학과 학생도 참가했었다.

"그래. 그 사람을 통해 카미사토 양에게 연락했고, 그녀의 남친한테까지 연락했다니깐. 그래서 겨우 알아냈어."

"쿠니미가 용케 가르쳐줬네."

요즘은 개인정보 유출에 까다로운 시대다.

"긴급 사태로 급히 연락해야 한다고 했어."

중간에 사키가 끼어 있으니, 타쿠미가 어떤 사람인지 유마도 확인할 수 있었을 것이다. 그래서 그도 납득한 게 틀림 없다.

"무슨 일 있어?"

"뭐, 일단 공항에서는 미안했어."

"후쿠야마가 나한테 무슨 잘못이라도 했어?"

"네 이야기를 제대로 들어주지 못했잖아? 결국 아즈사가 와가 무슨 말을 하는지, 이해도 못 했거든."

"괜찮아. 신경 안 써."

굳이 따지자면, 그걸 신경 쓰는 사람은 네네일 것이다. 그날부터 어쩌고 있는지, 사쿠타도 알 수 없다. 몇 번이나 전화를 걸었지만, 받지를 않았다.

"후쿠야마야말로 일이 있어서 귀성한다고 했었잖아. 그쪽은 잘 해결된 거야?"

"으음~. 뭐, 실은 그 이야기를 하려고 전화했어."

그날과 마찬가지로, 타쿠미는 텐션이 낮았다. 말투도 약간 느릿느릿한 것 같았다. 그것은 아마 기분 탓이 아닐 것이다. 다시 입을 열기 전, 타쿠미는 무의식적으로 숨을 길게 내뱉었다.

"그때, 홋카이도에서 연락이 왔어."

"혹시, 그다지 좋지 않은 일이야?"

"응, 맞아……. 중학생 시절의 친구가 교통사고로 죽었다는 연락이었어."

왠지 먼 곳에 있는 이에게 들려주려는 듯한…… 그러면서도 혼잣말 같은 말투로 타쿠미는 말했다.

"사이가 좋았던 사람이야?"

"고등학교는 달라서, 졸업한 후로 만나지 않았지만…… 중학생 때는 자주 이야기했어. 2학년 때, 도쿄에서 전학 온 녀석이거든."

그런 전학생이 있었다는 것을, 사쿠타는 네네에게 들었다. 그 전학생의 일을 계기로, 타쿠미를 의식하게 되었다는 말도…….

"장례식에 참석하러 가는 거라 여유가 없었어. 미안해."

"나야말로 그런 줄도 모르고 실례했어."

"뭐, 아무튼 서둘러 돌아가길 잘했다고 생각하긴 해. 장례식은 살아있는 사람을 위해 치르는 거란 게 사실이더라니깐."

타쿠미가 약간 울적한 어조로 한 말은, 하늘을 향해 소리내는 것처럼 들렸다.

"그럼, 제대로 작별 인사를 했겠네."

"그래. 도중에 엉엉 울어버린 바람에, 예전 친구들이 엄청나게 웃어댔지만 말이야."

타쿠미는 자기 자신의 기운을 북돋으려는 듯이 작게 웃었다.

하지만 말을 하면서 감정이 치밀어오른 건지, 가볍게 코를 훌쩍였다.

"일부러 그 이야기를 하려고 전화한 거야?"

"아, 그것도 있는데…… 장례식에 모인 동급생들한테서 이상한 이야기를 들었거든."

"이상한 이야기?"

"『#꿈꾸다』에 관한 거야."

사쿠타가 2주 정도 거리를 두고 있었던 말이다. 성인의 날 이후로, 미디어에서도 그것을 다루지 않게 됐다. 그래서, 그다지 신경 쓰지 않았다.

그 탓인지, 신기하게도 반갑다는 느낌이 들었다.

"홋카이도에서는 지금도 유행하고 있는 건가요?"

"도쿄에서도 아직 유행해. 미팅에 가면, 보통 그 이야기부터 하거든."

"그건 처음 듣는 이야기네요."

"아즈사가와는 SNS와 인연이 없잖아."

"그 『#꿈꾸다』가 이제 와서 어쨌다는 거죠?"

"사고로 죽은 내 친구 말이지? 이브날 밤에 꿈을 안 꿨대."

"그래서요?"

어른들은 『#꿈꾸다』에서 이야기되는 현실적인 꿈을 꾸지 않았다. 같은 세대 중에도 마이처럼 꿈을 안 꾼 사람이 있다. 토코도 꿈을 꾸지 않았다고 말했다.

"그게, 진짜로 미래를 보는 거라고 여겨지잖아?"

"일반적으로는 그렇죠."

그렇지 않을 가능성도 있다고, 사쿠타는 생각하지만.

"그러니, 그런 꿈을 안 꾼 건 『미래에 죽었기 때문』이 아닐까……란 소문이 내 동급생들 사이에서 돌고 있었어."

"……."

이제까지 생각도 하지 않았던 가설이다.

미래에 자신이 존재하지 않는다면, 확실히 미래의 자신을 꿈에서 보는 것이 불가능하다.

당연하고 간단한 방정식이다.

앞뒤가 맞기는 했다.

"그럴 리가 없다고 생각하지만……. 나, 사쿠라지마 씨가 꿈을 안 꿨다는 말을 전에 들었던 것 같거든."

즉, 이게 바로 전화를 한 이유다.

"그럴 리가 없다고 생각하지만, 알려주셔서 감사합니다."

타쿠미의 말에는 아직 아무런 확증도 없다.

하지만, 타쿠미 덕분에 흩어져 있던 퍼즐 조각 몇 개가 맞춰진 느낌이 들었다.

토모에가 꾼 꿈.

마이가 꿈을 꾸지 않은 이유.

만약 진짜로 마이가 일일 경찰서장을 맡았을 때, 의식불명의 중태에 빠지는 거라면…… 그 상태가 사쿠타와 다른 이들이 꿈에서 본 4월 1일까지 이어진다면, 마이가 꿈을 꾸지 않은 이유는 납득이 된다.

하지만 모순되는 부분도 있다. 사쿠타를 비롯한 수많은 이들이 본 꿈. 마이가 자신을 『키리시마 토코』라고 말한 꿈과는 모순된다.

꿈속에서 마이는 무대에 서서, 아름다운 노랫소리를 들려줬으니까.

그렇다면, 이쿠미의 이야기가 진실인 걸까. 꿈은 미래가 아니라 다른 가능성의 세계. 그것을 들여다본 것에 지나지 않는다.

진실의 저울은 그쪽으로 기울고 있다. 하지만, 벌써 단정 짓는 건 위험하다.

타쿠미의 말을 듣고, 새롭게 보이기 시작한 점이 있는 건 확실하다. 하지만, 아직 보이지 않는 것도 잔뜩 있는 듯한 느낌이 들었다.

"그건 그렇고, 아즈사가와."

"왜 그러시죠?"

"그거야, 그거!"

"뭐 말인가요?"

"왜 중간부터 존댓말을 쓰는 건데?"

"저는 연상을 공경하는 타입이거든요."

"……."

전화 너머의 타쿠미가 말을 잇지 못했다.

"후쿠야마 씨는 연상이죠? 그것도 두 살이나요."

"왜 들킨 거지?! 안 들키려고 쭉 입 다물고 있었는데……!"

타쿠미는 노골적으로 놀랐다.

"후쿠야마 씨를 잘 아는 사람에게 들었어요."

"그 사람은, 설마…… 공항에서 아즈사가와가 말했던 내

여친이야?"

"네."

"으음, 그럼 나는 진짜로 뭔가를 잊은 거구나."

그 목소리에는 납득한 기색이 어려 있었다. 사쿠타는 그 점이 의외였다.

"제 헛소리를 믿는 건가요?"

"나 말이지? 때때로 생각이 안 나는 게 있거든. 전에도 아즈사가와가 물어봤었잖아? 왜 이 대학에 들어온 거냐고 말이야."

그때는 그다지 신경쓰지 않았지만, 타쿠미는 그때 진지한 표정으로 「왜 이 대학에 들어온 걸까?」 하고 말했었다.

"모를 리가 없는데, 왜 모르는 건가 싶더라고."

지금의 사쿠타는 알고 있다.

어째서, 타쿠미가 대학 지망 동기를 잊은 건지를 말이다.

이와미자와 네네와 같은 대학에 진학하려 한 것이다. 그리고 그런 그녀를 인식하지 못하게 된 것이다. 그 이유의 근원인 네네이기에, 그녀를 인식하지 못하는 상황에선 이유 또한 알 리가 없다.

"그런데, 공항에서 그런 말을 들은 거야. 머플러에 대해서도 네가 말하니까…… 어쩌면, 그게 이유일지도 모른다고 생각했어."

"제 말을 믿어준다면, 무슨 수를 써서라도 떠올려주세요."

"뭐, 노력해볼게."

"죽을힘을 다해주세요. 그녀도 꿈을 꾸지 않았다고 말했으니까요."

"……."

타쿠미가 숨을 삼킨 것을 알 수 있었다.

"그녀도 위험한 상태에 처하는 걸지도 몰라요."

"진짜야?"

"진짜예요."

"……."

"저는 마이 씨 일로 머릿속이 가득 찼으니까, 그쪽은 후쿠야마 씨에게 맡길게요."

"그러면, 그 기분 나쁜 존댓말을 관둘 거야?"

"약속할게요."

"그거, 의욕이 샘솟는걸."

타쿠미가 작게 웃었다.

사쿠타의 입에서도 긴장을 풀어주는 한숨이 흘러나왔다.

"귀성하기 잘한 걸지도 모르겠네요. 졸업 앨범 같은 걸 살펴보세요. 그녀를 떠올릴 실마리가 될지도 몰라요."

"알았어. 해볼게. 무슨 일 있으면 또 전화하겠어."

"네. 저도 그럴게요."

"그럼 또 보자."

전화가 끊어졌다.

사쿠타는 수화기를 내려놓은 후, 1초도 기다리지 않고 다시 들었다.

그런 그가 누른 것은 마이의 스마트폰 번호였다.

신호음이 몇 번 들린 후, 전화가 연결됐다.

"사쿠타? 무슨 일이야?"

그 한마디를 듣자, 안도의 심정이 마음속에서 넘쳐 나왔다.

할 말이라면 정해져 있다.

"마이 씨."

"왜?"

"지금 바로 보고 싶어요."

"그래? 마침 잘됐네."

"네?"

사쿠타의 의문에 답하듯 인터폰이 울렸다.

혹시, 하고 생각하며 사쿠타는 응답 버튼을 눌렀다.

조그마한 디스플레이에 표시된 건 마이였다.

"나야. 추우니까 빨리 열어줘."

"지금 바로 열게요."

문을 여는 버튼을 누른 후, 전화를 끊었다.

마이가 1층에서 올라올 때까지 기다리지 못한 사쿠타는 현관으로 향했다. 샌들을 급히 신으며 밖으로 나갔다.

맨션 복도 너머에서, 엘리베이터의 문이 열리는 소리가 들렸다.

그리고 곧이어 마이가 모습을 드러냈다.

"마이 씨."

사쿠타가 부르자, 마이는 약간 놀란 표정을 지었다. 하지만 곧 상냥한 표정을 머금더니…….

"무슨 일 있어?"

……하고 말하며 사쿠타에게 다가왔다.

사쿠타도 마이에게 다가갔다.

두 사람 사이의 거리가 5미터로 줄어들었다.

서로가 한 걸음씩 옮길 때마다 두 사람 사이의 거리가 가까워졌다.

이윽고 한 걸음 떨어진 곳에서, 마이는 멈춰 섰다.

하지만 사쿠타는 멈춰 서지 않으며, 그대로 마이를 끌어안았다.

"정말, 무슨 일 있는 거야?"

마이는 아까와 똑같은 어조로 물었다.

하지만, 자신을 안고 있는 사쿠타의 팔이 떨리고 있다는 것을 눈치챈 건지…….

"무슨 일이야?"

……하고, 상냥한 목소리로 다시 물었다.

사쿠타가 할 대답은 하나뿐이었다.

"마이 씨는 내가 지킬게요."

그 말만으로 마이에게 모든 게 다 전해질 리가 없다.

사쿠타에게 무슨 일이 있었는지, 마이는 전혀 알지 못한다.

하지만, 무슨 일이 있었다는 것만은 전해졌다.

지금의 두 사람은 그것만으로 충분했다.

"그럼 사쿠타는 내가 지켜줄게."

마이는 그렇게 말하면서 두 팔로 사쿠타를 상냥히 안아줬다.

그때, 사쿠타의 집 전화가 울렸다.

그 소리에 반응한 나스노가 올려다보는 부재중 전화에 메시지가 입력됐다.

"도와줬으면 하는 일이 있어서 전화했어요. 2월 3일에, 이제부터 말하는 장소로 와주세요. 요코하마 시 카나자와 구—."

그것은, 키리시마 토코에게서 온 전화였다.

                                    3

2월 3일. 절분.

태양이 서쪽으로 꽤 기운 오후 세 시 반.

사쿠타는 카나자와 핫케이 역에서 도보로 10분 정도 거리에 있는 조그마한 3층 맨션 앞에 섰다.

"여기 맞지?"

전봇대에 적힌 번지를 보니, 포스트잇에 메모한 주소와

같았다.

　이틀 전 밤, 부재중 전화에는 토코의 일방적인 메시지가 입력되어 있었다. 그것을 듣고 이유를 물으려고 전화해봤지만, 토코는 전화를 받지 않았다.

　그래서 사쿠타는 어쩔 수 없이, 그녀가 지정한 장소로 왔다.

　어차피 토코와 해야 할 이야기도 있었다.

　메모 끝에는 『201호실』이라고 적혀 있었다.

　계단을 올라가서, 가까운 문부터 확인했다. 가장 안쪽에 있는 집이 201호실이었다.

　문패는 없었다.

　무기질적이고 투박한 문이 사쿠타를 맞이할 뿐이었다.

　그래서, 여기가 누구의 집인지는 알 수 없었다.

　인터폰을 누르면, 모르는 사람이 나올지도 모른다.

　그래도, 모르는 사람의 집 문 앞에 멀뚱멀뚱 있어선 거동 수상자에 지나지 않는다. 사쿠타는 망설임을 떨쳐내며 인터폰을 눌렀다.

　안에서 벨 소리가 들려왔다.

　분명 울렸다.

　"귀신이 나올까 뱀이 나올까, 같은 말은 이럴 때 하는 거겠지?"

　반응을 기다리는 사쿠타의 귀가 문 너머에서 들려오는 발소리를 포착했다. 누군가 다가오고 있다. 그 소리가 앞에서

멎더니, 자물쇠를 푸는 소리가 들리면서 조용히 문이 열렸다.

문틈으로 아는 이의 얼굴이 보였다.

지난번과 마찬가지로, 미니스커트 산타 의상을 입은 토코였다.

사쿠타를 이곳으로 부른 장본인이다.

"시키는 대로 왔는데요."

"이거, 아래편 쓰레기장에 버리고 와."

인사 대신, 물건이 가득 들어있는 쓰레기봉투를 두 개나 건네줬다. 두 개 다 묵직했다.

"이게 뭔가요?"

"잘 부탁해."

질문에는 답하지 않더니, 문도 닫았다.

양손에 쓰레기봉투를 든 채 가만히 서 있어도 거동 수상자 같이 보일 것이다. 인근 주민이 본다면 경찰에 신고할지도 모른다. 네네는 투명 인간이니, 사쿠타의 무죄를 증명해줄 아군은 없다.

어쩔 수 없이 사쿠타는 양손에 쓰레기봉투를 든 채, 올라왔던 계단을 내려갔다. 반투명한 쓰레기봉투의 내용물은 아무래도 대부분 옷가지 같았다.

양은 상당했다.

몇년만의 대처분, 같은 느낌이다.

불필요한 것을 끊고 버려서 집착에서 벗어나려는 걸까.

그런 생각을 하면서 계단을 내려갔다. 맨션 부지 안에 설치된 쓰레기 처리용 금속 컨테이너를 발견한 사쿠타는 뚜껑을 열었다.

대용량 쓰레기봉투를 하나씩 들어서 그 안에 집어넣었다. 두 번째 쓰레기봉투를 집어넣은 순간, 묵직한 소리가 들렸다.

"어?"

사쿠타는 안에 뭐가 들어있는지 모르는 만큼, 신경이 쓰였다.

일반 쓰레기로 분류하면 안 되는 것이 들어있는지도 모른다. 남의 쓰레기라고는 해도 사쿠타가 버리는 만큼, 제대로 분류해서 버리고 싶다.

방금 집어넣은 쓰레기봉투를 컨테이너에서 끄집어낸 후, 바닥 부분을 확인하니 반짝거리는 투명한 물체가 보였다. 소리로 볼 때, 플라스틱은 아닌 것 같았다. 아크릴 혹은 유리로 된 것일지도 모른다.

확인을 위해, 봉투를 열고 그 물건을 꺼냈다.

그 물건의 정체는 한눈에 알 수 있었다.

"이건…… 미인대회 트로피네."

겉면에는 『미인대회 그랑프리』라는 글자가 적혀 있었다.

수상자 이름은 당연히 『이와미자와 네네』였다.

버려도 되는 물건일까.

물론 버려도 되는 물건이니, 쓰레기봉투에 넣은 거겠지

만…….

　사쿠타는 잠시 망설인 후, 옷가지만 컨테이너 안에 다시 집어넣었다. 사쿠타가 이대로 트로피를 버리면 마치 자기가 버린 것이나 마찬가지일 것 같은 느낌이 들었다.

　트로피에 흠집이 나지 않았는지 확인하면서 다시 계단을 올라간 사쿠타는 201호실로 돌아갔다. 그리고 다시 인터폰을 눌렀다.

　"오래 걸렸네."

　문이 열리더니, 불만 어린 목소리가 들려왔다.

　"보통은 고맙다는 말을 해야 하지 않나요?"

　"도와줘서 고마워."

　"그리고, 이걸 버려도 되나요?"

　토코는 트로피를 보여줬다.

　토코의 눈은 그대로 사쿠타의 손 언저리로 향했다. 그리고 트로피를 봤다.

　"너는 버리면 안 되는 물건까지 쓰레기봉투에 넣어?"

　"나는 안 그래요."

　"다행이네. 나도 마찬가지야."

　"이와미자와 네네 씨에게, 이건 소중한 물건 아닌가요?"

　사쿠타는 트로피에 새겨진 이름을 쳐다봤다.

　"그게 누군데?"

　돌아온 것은, 자기와 상관없다는 듯한 반응이었다.

"당신 본명이에요."

"무슨 소리 하는 거야? 나는 키리시마 토코거든?"

토코는 지극히 자연스럽게 사쿠타를 쳐다보고 있었다. 지금, 이야기를 나누는 사쿠타를 말이다. 이제는 트로피에 전혀 관심을 보이지 않았다. 그쪽으로는 시선을 주지 않았다. 연기를 하는 느낌은 없었다. 진짜로 흥미가 없다고나 할까, 남 일처럼 여기고 있었다. 그래서, 당연히, 토코에게서는 트로피에 대한 미련이 전혀 느껴지지 않았다.

그랑프리 획득을 보고하던 이와미자와 네네의 SNS에서는 진심에서 우러난 기쁨, 그리고 주위를 향한 감사의 마음이 담겨 있었는데…….

그 증표인 트로피를, 과연 간단히 버릴 수 있을까.

지나칠 정도로 분명한 토코의 태도가, 왠지 마음에 걸렸다. 어딘가 묘하다는 생각이 들었다. 기분 나쁘다고 해도 과언이 아닐 것이다.

아까까지의 「그게 누군데?」라는 말도, 전혀 모르는 사람을 언급하는 것처럼 사쿠타에게는 들렸다.

함께 모토마치에 갔을 때만 해도 이런 위화감이 느껴지지는 않았다.

하지만, 사쿠타는 자신을 현혹하는 것의 정체를 아직 꿰뚫어 보지 못했다.

어딘가 이상하다는 느낌을 받았지만, 뭐가 이상한지는 모르겠다.

원래부터 토코가 이런 사람이었다는 말을 듣는다면, 그럴지도 모른다고 생각할 것이다.

"아무튼, 들어와."

문이 활짝 연 토코는 사쿠타를 집안으로 들였다.

"실례할게요."

사쿠타는 의문을 느끼면서도, 그 말에 따라 일단 현관 안으로 들어갔다. 수업이 있는 날도 아닌데 일부러 카나자와 핫케이 역까지 와서, 쓰레기만 버리고 돌아갈 수는 없으니 말이다.

"슬리퍼, 신어."

크리스마스 트리가 새겨진 현관 매트 위에, 순록 느낌의 슬리퍼가 놓였다. 미니스커트 산타에 맞춰, 세계관이 통일되어 있었다.

이 시점까지 사쿠타는 그것을 불가사의하게 여기지 않았다.

그런 센스를 지녔다고 생각했을 뿐이다.

현관 옆에는 1.5평 정도 되는 부엌이 있고, 안쪽에는 문이 세 개 있었다. 하나는 욕실이고, 다른 하나는 화장실이리라. 토코가 연 안쪽 문 너머가 방인 것 같았다. 욕실과 화장실이 따로 있는 약간 넓은 원룸이다.

"사양할 필요 없어."

토코는 방 안으로 들어갔다.

"그럼 사양 안 할게요."

사쿠타도 그 뒤를 따르려고 했다. 하지만 그는 곧 발걸음을 멈췄다.

"……."

입구에서 실내를 본 순간, 경악이 온몸을 휘감았다. 그래서 반사적으로 멈춰 선 것이다.

이유는 단순했다. 방 안의 광경이 생각했던 것과 너무 동떨어져 있었다.

먼저 시선이 향한 곳은 방의 한가운데. 금색과 은색 장식품으로 꾸며진 크리스마스트리가 있었다. 사쿠타의 키보다 약간 작을 정도로 거대한 트리였다.

벽쪽의 수납함에는 솔방울 화환과 스노우 돔, 산타클로스 인형이 몇 개나 놓여있었다. 그 안에는 일전에 모토마치의 가게에서 구입한 양철 순록도 있었다. 조그마한 썰매에는 선물 상자가 잔뜩 쌓여있었다.

집에 있는 가구라고는 소파베드와 사과 마크가 그려진 노트북 컴퓨터가 놓인 업무용 책상뿐. 다른 것은 산타클로스와 크리스마스에 뒤덮여 있다.

적어도, 일반적인 여대생의 방처럼 보이지는 않았다. 백보 양보해서 크리스마스 시즌이라면 이해가 된다. 오늘 친구를 초대해서 파티라도 하는 거라면 그나마 이해가 된다. 하지만 지금은 2월이다. 그것도 2월 3일, 절분인 것이다.

"멀뚱멀뚱 있지 말고, 이쪽으로 와."

"개성적인 방이네요."

어찌 보면, 미니스커트 산타가 사는 집 같기는 한데…….

말로 듣기만 하면 재미있는 방처럼 느껴질지도 모른다. 어린애라면 가슴이 뛸지도 모른다. 하지만, 실제로 이 공간에 발을 들이니, 두려움이 앞섰다.

다시 방안을 둘러보았다. 산타 인형과 눈이 마주쳤다. 동그란 눈으로 사쿠타를 응시하고 있었다. 솔직히 말해, 지금 바로 이 방에서 나가고 싶다. 오래 있다간 미쳐버릴 것만 같았다.

"이걸 조립해줬으면 해."

사쿠타의 기분은 신경 쓰지 않는다는 듯이, 토코는 방구석에 놓여있는 접이식 테이블을 트리 옆으로 이동시켰다.

테이블 위에는 덴마크에서 탄생한 장난감 블록이 있었다. 뭔가를 만드는 도중이었는지, 부품이 흩어져 있었다.

"남자애는 이런 걸 잘 만들지?"

"못 만드는 남자애도 있을걸요?"

"너는 어떤데?"

"뭐, 보통이라고 생각해요."

사쿠타는 토코가 준비해준 눈사람 쿠션에 앉은 후, 일단 블록의 설계도를 살펴봤다. 완성되면, 눈이 쌓인 삼각 지붕과 긴 굴뚝이 특징인 오두막집이 되는 것 같았다. 집주인과 산타 인형도 있는 것을 보면, 산타가 집에 찾아온 장면을 구현하는 장난감 블록이었다.

현재 조립된 것은 기초가 되는 지면뿐이었다.

"그럼, 해볼까요."

우선 블록을 색깔별로 분류했다. 회색 굴뚝 부품, 갈색 오두막 벽, 흰색과 파란색 지붕. 분류를 마친 사쿠타는 갈색 벽부터 조립하기 시작했다.

그 모습을, 테이블 맞은편에 앉은 토코가 쳐다보고 있었다.

이 장면만 떼어놓고 본다면, 이런 식의 데이트도 나쁘지 않겠다는 생각이 들었다. 여기가 사쿠타의 집이고, 정면에 있는 사람이 마이라면 나쁘지 않은 상황일 것이다.

하지만 여기는 사쿠타의 집이 아니며, 같이 있는 상대도 마이가 아니다. 산타의 집에서, 미니스커트 산타의 시선을 받으며, 블록을 조립하고 있다. 이 상황은 대체 뭘까.

사쿠타는 그런 생각을 하면서 한동안 묵묵히 작업을 이어갔다. 그리고 더는 한계란 생각이 든 사쿠타는 중요한 이야기를 꺼내기로 했다. 오늘 이렇게 토코를 만나러 온 것은, 바로 그 이야기 때문이다.

"작년 크리스마스에는, 『#꿈꾸다』로 시끌벅적했잖아요?"

"그래서?"

"키리시마 씨에게 크리스마스 선물을 받은 수많은 젊은이가, 꿈에서 미래를 봤다고 해요."

"그게 왜?"

토코의 눈은 블록을 조립하는 사쿠타의 손가락을 주시하고 있었다.

"그 꿈과 관련해서, 요즘 이상한 소문이 돌아요."

"딱히 흥미 없어."

퉁명하기 그지없는 태도였다.

하지만 사쿠타는 동요하지 않으며 말을 이었다.

"그날 꿈을 꾸지 않았던 사람은 미래가 존재하지 않아서 꿈을 꾸지 않은 게 아닐까, 란 소문이죠."

"그 말은……."

토코가 그제야 고개를 들었다. 의문이 어린 눈동자로 사쿠타를 응시했다.

"죽는다는 말이에요."

말을 고르거나 포장하지 않았다.

이것만은, 정확하게 전달되지 않으면 의미가 없다.

"……."

"키리시마 씨는 꿈을 안 꿨다고 말했죠?"

오두막집의 창틀이 되는 블록을 끼웠다.

"네 여친과 마찬가지로 말이지."

토코는 시험하듯 그렇게 물었다.

"게다가 SNS상의 소문인 게 아니라, 실제로 죽은 사람이 있어요."

"그 사람은 네 지인이야?"

"키리시마 씨의 지인이에요."

"……."

또 침묵이 이어졌다.

블록을 끼우는 소리가 그 침묵을 채워갔다.

"유감이지만, 내 지인 중에 세상을 떠난 사람은 없어."

"중학생 때, 도쿄에서 전학 온 남자애가 있었다고 했죠?"

"그런 사람, 몰라."

"정말요?"

"정말이야."

토코의 목소리에는 변함이 없었다. 지인이 죽었다는 말을
들었는데도, 눈썹 하나 까딱하지 않았다. 약간의 놀람도,
갑작스럽게 부고를 듣고 슬퍼하는 기색도 없었다. 사쿠타가
전한 내용에 대한 반응 자체가 옅었다. 너무 옅었다. 그것
이, 사쿠타가 느낀 솔직한 감상이었다.

"……."

토코의 태도가 평소와는 달라서, 사쿠타의 얼굴에 무의식
적으로 의문이 어렸다. 뭔가가 맞물리지 않는 듯한 느낌이
들었다. 잘못된 곳에 블록을 끼운 것 같은 느낌이 들었다.

"뭐야? 표정이 이상하네."

"후쿠야마가 급하게 홋카이도에 돌아간 건, 그 사람의 장
례식에 참석하기 위해서였어요."

"너는 대체 아까부터 무슨 소리를 하는 거야?"

"키리시마 씨야말로 무슨 소리를 하는 거에요?"

뭔가가 이상했다. 오늘 이곳에 온 후로, 사쿠타와 토코는 계속 어긋나고 있었다. 어긋남을 느끼고 있었다. 틀림없다. 하지만, 아직도 사쿠타는 그 이유를 알지 못했다.

사쿠타가 다음에 할 말을 고민하고 있을 때, 토코가 먼저 입을 열었다.

"우선, 그 『후쿠야마』가 대체 누구야?"

뜻밖의 말이었다.

"네?"

위화감이라는 말로 넘어갈 일이 아니었다. 약간 어긋나는 정도가 아니었다. 토코의 그런 태도를 접한 사쿠타는 말 그대로 굳어버리고 말았다. 귀를 의심했다. 믿기지 않는 말을 들은 것처럼……

"후쿠야마 타쿠미예요! 당신 연인이잖아요!"

무심코 몸을 쑥 내밀었다.

"그런 사람, 몰라."

토코는 등 뒤편을 손으로 짚으며 몸을 뒤편으로 뺐다.

어리둥절한 표정으로, 사쿠타를 쳐다보고 있었다. 눈 또한 두 번 깜빡였다.

"홋카이도에 있던 시절부터 사귀었던 사람이라고요!"

"그러니까, 그런 사람은 모른단 말이야."

농담이 섞여들 틈새는 어디에도 없었다.

"진짜로 모르는 거예요?!"

블록을 조립하던 손길이 완전히 멎고 말았다.

"네가 무슨 말을 하는 건지, 하나도 모르겠어."

토코는 귀찮다는 듯이 사쿠타의 말을 떨쳐냈다.

"당신이 이와미자와 네네로서 사귀었던 바로 그 후쿠야마란 말이에요!"

토코의 눈을 똑바로 응시하며 호소했다. 「알아」, 「기억해」, 「당연하잖아」 같은 대답을 사쿠타는 기대하고 있었다.

하지만, 결과는 달랐다.

이 시점에서 「모른다」고 말을 듣는 건 각오하고 있었다.

그런 사쿠타의 각오를, 토코는 아무렇지 않게 넘어섰다.

그야말로 최악의 결과였다.

"또 모르는 이름이 나왔네."

토코는 한숨 섞인 목소리로 말했다.

"네?"

"이와미자와라는 애는 또 누구야?"

토코는 단순한 의문을 사쿠타에게 던졌다.

그 눈동자는 순진무구했다.

정말 모르기에, 토코는 사쿠타에게 질문을 하는 것이다.

연기로 볼 여지도 전혀 없었다.

눈앞에, 사쿠타가 모르는 현실이 있다. 이해할 수 없는 현실이 제시됐다.

등골이 오싹했다. 마음이 순식간에 얼어붙을 정도의 한기가 느껴졌다.

크리스마스와 산타클로스로 뒤덮인 이질적인 이 방도 전혀 신경 쓰이지 않았다. 그것보다 더 이상한 일이 사쿠타의 눈앞에서 벌어지고 있었다.

"이 트로피는 본 적 있나요?"

사쿠타는 쥐어 짜내는 듯한 목소리로 토코에게 물었다.

"없어. 그래서 버린 건데, 네가 가지고 돌아왔잖아."

"정말 모르나요?"

"정말 모르고, 알지도 못해."

"정말 모르는 거예요?"

"알지도 못하고, 몰라."

"……."

잘못된 건 사쿠타 쪽인 걸까. 그런 생각이 들 정도로, 토코의 태도는 일관됐다.

아는 바가 전혀 없다.

그래서 딱 잘라 그렇게 말하고 있는 것이다.

"이제 됐어. 오늘은 이만 돌아가 봐."

토코는 질렸다는 투로 그렇게 말하며 자리에서 일어났다.

사쿠타를 성가시다는 듯이 내려다보고 있었다.

그 눈을 올려다보며, 사쿠타는 마지막으로 물었다.

"자기가 이와미자와 네네라는 걸, 모르는 거예요?"

그럴 리가 없다.

적어도 며칠 전까지만 해도 그녀는 이와미자와 네네로서의 기억을 가지고 있었다. 홋카이도에서 살던 시절에 있었던 타쿠미와의 추억을 이야기해줬다. 어떻게 해서 사귀게 됐는지 알려줬다.

그걸 전부 잊는다는 건, 기억상실에라도 걸리지 않는 한 말도 안 되는 이야기다.

하지만 그 말도 안 되는 일이, 지금 사쿠타의 눈앞에서 벌어지고 있다.

"나는 이와미자와 네네란 사람을 몰라. 알지 못해. 이걸로 만족했어?"

사쿠타를 향해 한마디 한마디 잘라 말하는 토코의 목소리에는 망설임이 어려 있지 않았다. 모르니까 망설일 이유가 없다. 알지 못하니까 망설일 필요가 없다.

진짜로 자기가 『이와미자와 네네』라는 자각이 없는 것이다.

"내가 키리시마 토코라고, 몇 번이나 말했지?"

존재하는 건, 자기가 『키리시마 토코』라는 자각뿐이다.

"……."

사쿠타는 대꾸할 말이 없었기에, 말없이 자리에서 일어났다.

"그거, 버리고 돌아가."

토코는 사쿠타가 테이블에 올려둔 트로피를 아무런 감정

도 묻어나지 않는 눈길로 내려다봤다.

이제 사쿠타에게는 그녀에게 전할 말이 없었다.

그 말에 따라, 트로피를 손에 쥐었다.

"오늘은 돌아갈게요. 이제 지붕을 달고, 굴뚝을 붙이기만 하면 완성이에요."

사쿠타는 만들다 만 블록을 쳐다봤다.

"남은 건 내가 해볼게. 고마워."

그 감사의 말이 공허하게 들렸다.

사쿠타는 고맙단 말을 들을 만한 일을 한 것일까.

그런 생각을 하면서 현관으로 이동했다. 크리스마스트리가 새겨진 현관 매트 위에서, 순록 슬리퍼를 벗었다. 사쿠타는 신발을 신은 후, 뒤도 돌아보지 않으며 현관문을 열었다.

계단을 내려가고 있을 때, 등 뒤에서 시선이 느껴졌다. 하지만 멈춰 서지도, 뒤돌아보지도 않았다.

사쿠타가 멈춰 선 곳은 쓰레기장 앞이었다.

시선을 아래편으로 옮기자, 손에 쥐고 있는 투명한 트로피가 눈에 들어왔다.

작년 미인대회에서의 그랑프리를 축하하는 트로피다.

거기에는 『이와미자와 네네』라는 이름이 새겨져 있었다.

존재의 증표가 여기에 있었다.

하지만, 본인이 『이와미자와 네네』라는 자각을 잃은 지금, 이 이름에 어느 정도의 의미가 있을까.

자기 자신을 잊은 그녀가 이대로 타쿠미와 다른 이들에게 인식되지 않는 존재로 있는다면, 『이와미자와 네네』는 살아 있다고 할 수 있을까.

"그래서, 꿈을 안 꾼 걸지도 몰라."

자신의 의식과 타인의 인식이 존재를 정의한다면, 『이와미자와 네네』는 이미 죽은 것이나 마찬가지일지도 모른다.

이제 사쿠타가 잊고, 미오리도 인식하지 못하게 된다면…… 진짜로, 그녀는 죽을지도 모른다.

뚜껑이 열린 쓰레기장의 컨테이너 안에는, 네네의 부탁으로 사쿠타가 버린 쓰레기봉투가 두 개 들어 있었다.

"버린 건 이와미자와 네네의 인생인 건가."

사쿠타가 움켜쥔 트로피 또한 이와미자와 네네의 것이다.

키리시마 토코인 그녀에게는 필요 없는 것이다.

"그렇다면, 하다못해 직접 버리라고."

짜증을 느끼며, 컨테이터의 뚜껑을 닫았다.

손에 쥔 트로피는 코트의 호주머니에 집어넣었다.

그런 사쿠타의 발걸음은, 역 쪽으로 향하고 있었다.

4

카나자와 핫케이 역까지 걸어온 사쿠타의 발걸음은 개찰구가 아니라 공중전화를 향했다. 우선 가지고 있는 동전을 전부 꺼내서 전화기 위에 쌓았다. 수화기를 쥐고 10엔 동전 하나를 넣은 후, 익숙한 손놀림으로 열한 자리 숫자를 차례차례 입력했다.

전화를 제대로 걸었다는 것을, 신호음이 알려줬다.

신호음이 세 번 울린 후, 전화가 연결됐다.

"후타바? 지금 통화 괜찮아?"

사쿠타 쪽에서 먼저 말을 건넸다.

"좀 있다 히메지 양의 수업이 있으니까 용건만 짧게 말해."

리오는 딱히 놀라지 않았다. 대답 또한 간결하면서도 정확했다.

그 뒤를 이어, 다른 목소리가 들려왔다.

"사쿠타 선생님한테서 온 전화예요? 그럼, 수업이 좀 늦어져도 괜찮아요."

사라의 목소리와 말투였다.

리오와 같이 있는 것을 보면, 두 사람 다 이미 학원에 있는 것 같았다. 프리스페이스에서, 앞으로의 수업 방침이라도 상의하고 있었던 걸지도 모른다.

"히메지 양의 수업을 방해할 수는 없으니까, 가능한 한 짧게 이야기할게."

사쿠타는 다급한 마음을 억누르며, 오늘 있었던 일을 리오에게 이야기했다.

사쿠타의 이야기를 끝까지 들은 리오의 첫 반응은, 말이 아니라 기나긴 한숨이었다. 그 후……

"또 참 이상한 일이 벌어진 것 같네."

쓴웃음 섞인 목소리로 그렇게 말했다.

"그래서, 후타바와 상의하는 거야."

"우선 산타클로스의 방 말인데……."

"그건, 오싹한 광경이었어."

"그거, 키리시마 토코와 관련이 있는 것 같아."

"있는 것 같다고?"

남의 말을 전해주는 듯한 표현이 마음에 걸렸다.

"자세한 건 그녀에게 들어."

"그녀?"

사쿠타가 의아해하고 있을 때, 다른 목소리가 들려왔다.

"아, 저예요. 사쿠타 선생님."

"히메지 양, 아직 있었구나. 남의 이야기를 훔쳐 들으면 안 돼."

"당당히 듣고 있었어요."

사춘기 증후군은 나았지만, 남의 이야기를 훔쳐 듣는 버릇은 낫지 않은 걸지도 모른다.

"귀엽게 말해봤자, 안 되는 건 안 돼."

"하지만 제 이야기를 들으면, 선생님은 불평이 쏙 들어갈 걸요?"

사라는 자신만만한 어조로 말했다.

"그럼 어디 들려주실까?"

"키리시마 토코의 영상에는 산타나 순록, 트리 같은 크리스마스 느낌의 아이템이 꼭 나와요. 선생님은 몰랐어요?"

이런 건 상식이라는 듯이, 사라는 웃음기 섞인 어조로 의기양양하게 말했다.

"……."

그러고 보니, 일전에 돈가스 가게에서 미오리와 본 영상에서는 양철 순록이 나왔다. 사라의 말처럼 다른 노래에도 비슷한 아이템이 나왔다면, 그것에는 어떤 의미가 담겨 있을까.

"몰랐어. 가르쳐줘서 고마워. 그럼 후타바를 바꿔줄래?"

사무적으로 감사 인사를 입에 담았다.

"좀 더 제대로 칭찬 안 해주면 안 바꿔줄 거예요."

"역 앞 카페에 새로운 도넛이 나오면 사줄게."

"정말요?! 만세! 리오 선생님을 바꿔드릴게요."

곧 들뜬 듯한 사라의 기척이 전화기 너머에서 사라졌다.

"산타의 방에는 그런 의미가 있는 것 같네."

대신해서 들려온 것은 어느새 『리오 선생님』이 된 리오의 차분한 목소리였다.

"그게 어떤 의미라고 생각해?"

"아즈사가와의 생각대로, 동영상의 공통점을 눈치챈 이와미자와 네네는 같은 아이템을 모은 게 아닐까? 아즈사가와도 같이 사러 갔다고 했지?"

"그렇긴 한데…… 뭘 위해서야?"

"물론, 키리시마 토코가 되기 위해서겠지."

사쿠타의 의문에, 리오는 너무도 간단히 답했다.

너무 간단해서, 거꾸로 어려웠다.

도저히 이해가 되지 않았다.

리오는 어떤 결론을 말하려고 하는 것일까.

"처음에 아즈사가와에게 그녀에 관한 이야기를 들었을 때는, 그저 주위로부터 인식되지 않게 되었을 뿐이라고 생각했어."

"마이 씨라는 전례가 있었으니 나도 그렇게 생각했어."

하지만, 실제로는 그렇지 않았다. 같지 않았다. 오늘 만나 본 그녀는 자기가 『이와미자와 네네』라는 것을 잊었으니까. 마이 때는, 그런 일은 벌어지지 않았다.

"그러니, 『이와미자와 네네』를 지우려고 한 게 아냐. 『키리시마 토코』가 되려고 한다는 게 타당하다고 생각해."

"잠깐만, 후타바. 『키리시마 토코』의 정체가 『이와미자와 네네』라고 한다면, 딱히 『이와미자와 네네』라는 사실을 지울 필요는 없지 않아? 양쪽 다 자신이라는 것도 충분히 성립한다고."

"아즈사가와의 친구 후보가 한 말이, 아마 정답일 거야."

"……."

그 말을 듣고, 미오리가 한 말을 떠올렸다.

"이와미자와 네네는, 키리시마 토코가 아냐."

사쿠타가 머릿속에 떠올린 말을, 리오는 그대로 입에 담았다. 마치 증명 문제의 마지막 한 문장을 입에 담는 듯한, 확신에 찬 말투로 말이다.

"진짜가 아니니까, 진짜 『키리시마 토코』의 영상에 나오는 산타와 순록을 모은다는 거야?"

"나는 그렇게 생각해. 자기가 키리시마 토코라면, 키리시마 토코의 물건을 가지고 있지 않다는 모순이 생겨날 거잖아?"

"무슨 말을 하고 싶은 건지는 알겠는데……."

바로 납득할 수는 없는 이야기였다. 느닷없이, 눈앞에 새로운 가설이 생겨났다.

"그런 게 가능한 거야?"

형태 없는 감정을, 사쿠타는 의문으로서 입 밖으로 토해냈다.

"나는 그녀가 아니니까, 그녀의 마음까지는 몰라. 어쩌면, 그녀 자신도 모를 수도 있어."

"뭐, 그럴 수도 있긴 해."

자기 일이라고 해서, 자기가 알 거라고 단정할 수는 없다. 오히려 알고 있는 게 적을지도 모른다.

"지금 알고 있는 건, 『그녀가 아직 키리시마 토코로서 세상에 인식되고 있지 않다』는 점이야."

"뭐, 그렇긴 해."

"그녀가 어디까지나 키리시마 토코라는 사실에 집착한다면, 사쿠라지마 선배는 진짜로 위험할지도 몰라."

갑자기 언급된 그 이름을 들은 순간, 사쿠타의 심장이 크게 뛰었다.

"후타바, 그게 무슨 소리야?"

대체 리오는 무슨 말을 하려는 것일까.

"성인의 날 보도로, 미디어는 이제 다루지 않게 됐지만…… 지금도 SNS상에서는 사쿠라지마 선배가 키리시마 토코의 최유력 후보잖아?"

"……그런 것 같네."

"이게 뒤집히지 않는 한, 그녀가 키리시마 토코로서 이 세상에 인식되는 일은 없지 않을까?"

드디어 리오가 하려는 말을 알 것 같다.

"즉, 이와미자와 네네가 키리시마 토코가 되기 위해서는 마이 씨가 방해된다는 거구나."

"현재 상황만 본다면 말이지. 아즈사가와, 내일 일일 경찰서장 이벤트에서 사쿠라지마 선배가 사고에 휘말린다고 전에 말했지?"

"그래. 코가가 꾼 꿈……이랄까, 아마 미래의 시뮬레이션에서 그랬어."

"지나친 생각일지도 모르지만, 이와미자와 네네가 그 일에 얽혀있을 가능성이 있지 않을까?"

"……."

그럴 리가 없다, 고 바로 말하지는 못했다.

"지금의 그녀는 투명 인간이니까, 어찌 보면 뭐든 할 수 있지 않아?"

"적어도, 오늘 이야기를 나눠봤을 때는 그런 위험성을 느끼지 못했어."

하지만 절대로 그런 일이 없는 거냐고 묻는다면, 그녀에 대해 아직 잘 알지 못하는 사쿠타로서는 「없다」고 단정 지을 수 없다. 신용하기에는 상대를 잘 알지 못했다. 그렇다고 미심쩍게 여길 만큼 모르는 것도 아니다.

"일단 나도 내일 이벤트를 보러 갈게. 그녀가 보이지 않는 내가 할 수 있는 일이 있을지는 모르겠지만 말이야."

"내일은 무슨 일이 벌어질지 아니 그나마 다행이지만……오히려 문제는 내일 이후겠지?"

설령 내일 벌어질 위기를 막더라도, 상황은 계속 이어질 뿐이다.

누구도 그녀를 인식할 수 없다.

죄를 저지르더라도, 체포할 수 없다.

보이지 않으니 말이다.

"그래."

"그렇다면, 내일까지 결판을 낼 수밖에 없는 건가. 그러려면……."

"결국, 그녀의 사춘기 증후군을 치료할 수밖에 없어."

결국, 그것이 결론이다.

처음 내놓던 답이, 최선의 답인 것이다.

남은 시간은 적다.

내일 오후…… 마이가 일일 경찰 서장 이벤트에 참가할 때까지다. 지금부터 생각하면, 남은 시간은 24시간도 안 된다.

이 상황에서 쓸 수는 단 하나뿐이다.

타쿠미에게 걸어볼 수밖에 없다.

사쿠타의 말은, 그녀에게 닿지 않으니까.

힘으로 그녀를 막더라도, 원천적으로 문제를 해결했다고 볼 수는 없으니까…….

"저기, 후타바."

"왜?"

"비행기 티켓은 당일에도 끊을 수 있지?"

"나는 끊어본 적 없지만, 당일에도 가능할걸?"

그런 대화를 주고받은 후, 사쿠타는 리오와의 전화를 끊었다.

동전은 아직 조금 남아 있었다.

고개를 들어보니, 하늘은 꽤 어두워졌다. 바람도 차가웠다. 사쿠타는 다시 전화를 걸었다. 아까와는 다른 번호다. 자택 전화번호다.

이번에도 상대방이 전화를 받자마자…….

"카에데지? 나야."

사쿠타가 먼저 말을 건넸다.

"무슨 일이야?"

"미안한데, 오늘은 집에 못 돌아가니까 나스노 좀 돌봐줘."

"뭐? 무슨 소리야? 어디 가?"

"홋카이도."

"뭐? 무슨 소리야?"

아까와 똑같은 반응이 되풀이됐다.

"뭐, 좋아. 선물이나 사와. 아, 맞다! 마이 씨가 저녁 만들어주러 왔는데, 진짜로 집에 안 올 거야?! 아, 바꿔줄게. 마이 씨, 오빠가요~!"

사쿠타가 대답하기도 전에, 카에데의 목소리가 전화기에서 멀어졌다.

2, 3초 정도 기다리자…….

"사쿠타?"

전화기에서 마이의 목소리가 들려왔다.

"미안해요, 마이 씨. 지금부터 후쿠야마를 만나러 홋카이도에 갔다 올 테니까, 카에데를 부탁해요. 내일 이벤트 전에는 꼭 돌아올게요."

"알았어. 오늘은 사쿠타네 집에 묵을게."

"지금 바로 돌아가고 싶어졌어요."

"사쿠타가 돌아오면, 안 묵을 거야."

"아~."

"그럼 조심해서 다녀와. 도착하면 전화 줘."

"네, 꼭 전화할게요. 아, 맞다. 마이 씨."

"응?"

"사랑해요."

"햄버그 타니까, 카에데 양 바꿔줄게."

웃음기 섞인 마이의 즐거운 목소리가 들려온 후, 카에데가 다시 전화를 받았다. 그리고 또 카에데에게 불평을 들은 후, 선물 꼭 사오라는 다짐을 끝으로 전화가 끊겼다.

수화기를 내려놨다.

하지만, 수화기에서 손을 떼지 않았다.

전화를 걸어야만 하는 장소가 딱 한 군데 더·있었다.

하지만, 사쿠타의 손이 움직임을 멈췄다.

녹색 전화기 위에 쌓아뒀던 동전이 이제 없었다. 아까 넣은 십 엔짜리 동전이 마지막 하나였다.

사쿠타의 시선은 수화기를 든 채, 동전을 교환할 자판기 쪽을 향했다.

바로 그 타이밍에, 등 뒤에서 목소리가 들려왔다.

"아즈사가와?"

약간 놀라면서 뒤편을 돌아봤다. 등 뒤에는 의아한 표정을 짓고 있는 이쿠미가 있었다.

"수업도 없는데, 왜 여기 있는 거야?"

"볼일이 좀 있어서 말이지."

이쿠미의 눈은 사쿠타가 손에 쥐고 있는 공중전화의 수화기를 향하고 있었다.

"아카기는 학습지원 자원봉사 때문에 온 거야?"

"응, 절분 행사도 같이 했어."

도깨비 가면을 쓰고, 학생과 함께 콩이라도 뿌린 걸까. 성실한 아카기라면 했을 것 같았다. 그 모습을 쉬이 상상할 수 있었다.

"아카기, 갑자기 이런 말을 해서 미안한데 말이야. 스마트폰이나 동전 좀 빌려주지 않겠어?"

이쿠미의 얼굴에는 당연한 듯이 의문이 어렸다. 하지만 이유는 묻지 않으며, 사쿠타를 향해 자신의 스마트폰을 내밀었다.

이것으로, 홋카이도로 돌아간 타쿠미와 연락을 취할 수 있게 됐다.

5

하네다 공항으로 향하는 전철 안은 한산했다. 벤치형 시트 하나하나에 승객 한 팀씩 앉아 있는 정도였다. 현재 시각은 오후 여덟 시가 지났다. 이용자가 적은 게 당연했다.

그런 차분한 전철 안에서, 사쿠타는 아카기에게 빌린 스마트폰을 이용해 키리시마 토코의 영상을 봤다.

사라가 했던 말을 확인하는 것이 목적이었다.

첫 번째 영상에는 산타 인형.

두 번째 영상에는 크리스마스트리.

세 번째 영상에는 스노우 돔.

그 후로 순록이 끄는 썰매, 선물이 들어있는 양말, 수많은 트리용 장식품…… 사라가 가르쳐준 대로, 모든 영상에는 크리스마스를 연상시키는 무언가가 들어 있었다. 게다가, 그 아이템 하나하나가 사쿠타는 눈에 익었다.

하나같이 네네의 방에서 본 것들이었다…….

지금 보는 영상에는 장난감 블록으로 만든 굴뚝 달린 오두막집이 나왔다. 굴뚝을 통해 산타 인형이 선물을 전해주려 하고 있었다.

이게, 그저 우연일 리가 없다.

명백한 의도가 담겼다는 것을 알 수 있었다.

그리고 그것을 알았으니, 동영상 확인은 충분히 했다.

"스마트폰, 잘 썼어."

사쿠타는 화면을 끈 후, 옆에 앉아있는 아카기에게 스마트폰을 돌려줬다.

"이제 됐어?"

"응."

"그래."

"그것보다, 아카기도 정말 같이 갈 거야?"

두 사람이 탄 전철은 케이큐 카마타 역을 지나서, 하네다 공항으로 향하는 공항선을 달리고 있었다. 원래 이쿠미가 내려야 하는 요코하마 역은 한참 전에 지났다.

"건너편 세계로부터의 메시지와 연관이 있다면, 나도 신경이 쓰여."

그래서 사쿠타와 함께 홋카이도에 가겠다고, 이쿠미는 카나자와 핫케이의 역 플랫폼에서 말했다.

"아카기가 책임을 느낄 필요 없어."

"미안해. 이게 타고난 내 성격이야."

"알고 있고, 사과할 일도 아냐."

"아즈사가와는 고마워를 더 좋아하잖아."

이쿠미는 멋쩍은 듯한 표정을 짓고 있었다.

"그리고 『힘내』와 『사랑해』가 3대 좋아하는 말이라고, 나한테 가르쳐준 사람이 있었어."

"……."

사쿠타의 의도를 눈치챈 이쿠미는 눈을 살짝 내리깔았다. 하지만, 그 후에…….

"내 억지를 들어줘서, 고마워. 이러면 돼?"

……하고 말했다.

"그 말이 훨씬 좋네."

그런 이야기를 나누는 사이, 다음 역은 종점인 국내선 터미널 역이 됐다.

사쿠타와 이쿠미가 탄 신치토세 공항행 최종편은 정각인 오후 9시 30분에 하네다 공항에서 이륙했다.

한밤의 구름 사이를 가르며, 비행기는 상승했다.

지상의 빛이 멀어지더니, 아름다운 야경이 펼쳐졌다.

이윽고 고도 1만 미터에 도달한 비행기는 시속 800킬로미터에 육박했다. 기압 변화로 귀가 멍해졌다. 그것이 잦아들었을 즈음, 안전벨트 착용 램프도 꺼졌다. 하지만, 그와 동시에 안전벨트를 항상 착용하고 있어 달라는 안내 방송이 들려왔다.

기내가 안정되자, 스튜어디스가 왜건을 밀면서 음료 서비스를 시작했다. 테이블을 꺼낸 사쿠타는 따뜻한 양파 수프를 달라고 했다. 종이컵에 그려진 곰 얼굴이 사쿠타를 쳐다보고 있었다. 옆에 앉은 이쿠미도 곰 얼굴을 쳐다보며 어렴풋이 미소 지었다.

"안 웃었거든?"

"웃어도 된다고 생각해."

오후 열 시가 지난 시간대라 그런지, 기내는 다들 잠들 것처럼 조용해졌다.

어렴풋이 엔진음이 들려왔고, 때때로 기체를 흔드는 바람

소리가 들려올 뿐이었다.

다른 손님은 스마트폰으로 영화를 감상하거나, 모포를 덮고 잠들어 있었다.

사쿠타는 목적지까지의 거리와 비행 속도가 표시된 모니터를 보면서, 생각에 잠겼다.

키리시마 토코에 대해서 말이다.

아니, 이와미자와 네네에 대해 생각했다.

사쿠타와 같은 대학에 다니는 3학년. 국제교양학부 소속.

홋카이도 출신. 생일은 3월 30일.

특기는 피아노 연주.

고등학생 때까지는 고향인 홋카이도에서 지냈으며, 모델 일을 했다.

대학 진학을 계기로 상경.

도쿄의 모델 사무소에 소속되어 있으며, 본격적인 활동 개시.

대학 2학년 축제에서 열린 미인대회에서 그랑프리를 차지했다. 대학 안에서의 지명도는 급상승. 그 시절부터 SNS에 글을 활발하게 올리게 됐다.

하지만 다음 해 봄부터 갱신이 멈췄다.

아마 그 시기에 타인으로부터 인식되지 않게 된 것으로 보인다. 리오의 말을 빌리자면, 『이와미자와 네네』라는 것을 관두려 했다. 『키리시마 토코』가 되려 했다.

이 시점부터 『이와미자와 네네』라는 자각이 점점 사라진 것일지도 모른다.

사쿠타가 그녀를 만난 것은 작년 10월 말이다.

우즈키가 한발 먼저 대학을 졸업한 직후의 일이다.

미니스커트 산타 복장을 한 그녀는, 자기 자신을 『키리시마 토코』라고 말했다.

"……."

사쿠타가 아는 건 이게 전부다.

그녀가 어떤 심정으로 상경한 건지는 모른다.

어떤 마음으로 대학 생활을 해왔는지도 알 길이 없다.

어째서 사라지게 됐는지 또한 상상조차 안 된다.

그러니, 생각해봤자 소용없는 일이다.

몇 시간, 몇십 시간 생각을 해본들 올바른 결론을 찾을 수 있을 리가 없다. 사쿠타는 사쿠타다. 이와미자와 네네가 아니다.

그것을 알면서도, 사쿠타는 생각을 멈출 수가 없었다.

어둑한 한밤의 기내 분위기가 사쿠타를 그렇게 만들었다.

사쿠타가 답 없는 생각에 빠져 있는 사이, 「본 비행기는 곧 착륙 준비를 시작합니다」라는 안내 방송이 들렸다.

하네다를 떠나고 약 한 시간 반이 흘렀다.

창밖을 보니, 어둠이 드리워진 홋카이도의 대지가 눈에 들어왔다.

"다음에 또 이용해주시길."

정중한 인사를 받으며 비행기에서 내린 사쿠타는 다른 승객 사이에 섞여서 공항 안의 긴 통로를 아무 생각 없이 걸어갔다. 그런 그를 이쿠미가 뒤따랐다.

열한 시를 넘은 공항 안에는 인기척이 적었으며, 불가사의한 긴장감에 가득 차 있었다.

그 안을 하염없이 걸어갔다.

한동안 걷자, 도착 로비가 보였다.

게이트 너머에는 누군가를 마중나온 사람들이 기다리는 이가 나오기만 기다리고 있었다. 서른 명 정도는 될 것 같았다.

아들의 귀성을 미소 띤 얼굴로 반기는 아주머니도 있는가 하면, 도착한 연인을 보고 볼을 씰룩이는 남성도 있었다.

그 사이에서 사쿠타는 오렌지색 머플러를 한 인물을 발견했다.

타쿠미다.

곧 타쿠미도 사쿠타를 발견하더니, 가볍게 손을 들어 보였다. 친구를 맞이하는 미소다. 하지만, 그는 곧 「어?」 하며 놀란 듯한 표정을 지었다. 사쿠타의 대각선 뒤편에 서 있는……
이쿠미를 발견했기 때문이다.

입을 반쯤 걸린 타쿠미를 쳐다보면서, 도착 로비로 나갔다.

"진짜로 왔구나."

타쿠미는 그날과 같은 말을 하며, 그날보다 더 진한 쓴웃음을 머금었다.

"온다고 했잖아."

"보통은 농담이라고 생각할걸? 게다가……."

"갑자기 찾아와서 죄송해요."

시선을 받은 이쿠미가 정중히 고개를 숙였다.

"아니, 찾아온 건 괜찮아. 그래도 왜 온 건지 생각해보는 게 정상 아니겠어?"

그런 이야기를 나눈 후, 사쿠타 일행은 다른 이용객에게 방해가 되지 않도록 통로 가장자리로 이동했다.

"그런데 앞으로의 예정은 어떻게 돼? 묵을 곳은 정해졌어?"

일단 앞으로의 일부터 상의하는 분위기가 형성된 가운데, 타쿠미가 벤치에 앉았다.

"미안한데, 우선 집에 연락부터 하고 올게."

그렇게 말한 이쿠미는 사쿠타와 타쿠미한테서 조금 떨어진 곳으로 이동했다. 두 사람을 배려해 자리를 비켜준 것이 틀림없었다.

그렇다면, 빨리 본론에 들어가는 편이 좋을 것이다. 애초에 사쿠타에게는 시간이 없다.

사쿠타는 잠시 뜸을 들인 후, 타쿠미의 옆에 앉았다. 바로 그때, 코트의 호주머니에 넣어둔 트로피의 머리 부분이 밖으로 튀어나왔다. 사쿠타와 타쿠미의 시선은 자연스럽게 그쪽으로 향했다.

"호주머니에 뭘 넣어둔 거야?"

"이거야."

사쿠타는 트로피를 꺼내서 타쿠미에게 보여줬다.

네네가 미인대회에서 그랑프리를 차지한 증표인, 투명한 트로피다.

"본 적 없어?"

"……."

타쿠미의 미간을 찌푸렸다. 그리고 그런 표정을 지은 채 굳어버렸다.

방금 반응만으로는 어째서 굳어버린 건지 파악하기 어려웠다. 놀란 것일까. 아니면, 이해가 안 되는 것일까. 양쪽으로 받아들일 수 있는 반응이었다.

단 하나 확실한 것은, 타쿠미의 눈이 지금도 트로피를 향하고 있다는 점이다. 뚫어지게 쳐다보며, 한순간도 눈을 떼지 않았다.

한동안 기다리자, 아무 말 없는 타쿠미가 손을 뻗었다. 트로피에 손가락이 닿았다. 그대로 트로피를 움켜쥐었다.

사쿠타는 천천히 트로피에서 손을 뗐다. 그러자, 타쿠미는 트로피를 양손으로 끌어안듯이 감쌌다.

그의 손가락이 겉면에 새겨진 이름을 훑었다.

『이와미자와 네네』라고 새겨진 부분을 훑었다.

사랑스러운 듯이, 몇 번이고 몇 번이고 그런 행동을 되풀이했다.

타쿠미의 입술이 무슨 말을 하려는 것처럼 떨렸다.

하지만, 좀처럼 말이 나오지 않았다.

알고 있을 터인 이름을, 타쿠미는 부르지 않았다. 부를 수 없는 걸지도 모른다.

"아즈사가와……."

드디어 타쿠미의 입에서 나온 것은 사쿠타의 이름이었다.

"후쿠야마, 마음을 진정시키고 떠올려봐."

트로피가 타쿠미에게 어떤 계기가 된 것은 틀림없다.

하지만, 타쿠미는 사쿠타의 말을 듣고 고개를 가로저었다. 몇 번이고, 몇 번이고, 사쿠타는 부정하듯 고개를 저었다.

"그게 아냐, 아즈사가와……."

이어서 타쿠미의 입에서 흘러나온 목소리는 떨리고 있었다. 목이 완전히 말라버린 것처럼 쉬어 있었다.

"……후쿠야마?"

"그게, 저기, 이건……."

쥐어짜내듯이…….

"정말, 기뻐했다고."

마음을 토해내듯이…….

"그랑프리에 뽑혔다며, 네네는 정말 기뻐했단 말이야!"

온 마음을 다한 끝에, 타쿠미는 그 이름을 입에 담았다. 그런 그의 눈은 눈물에 젖어 있었다.

커다란 눈물이 방울져 떨어졌다. 트로피 위에도 떨어졌다. 네네의 이름 위에도 눈물이 떨어져서 적시고 있었다.

"나는 왜 이제까지 잊고 있었던 거냐고……!"

지그시 『이와미자와 네네』라는 글자를 응시하는 타쿠미는, 상냥한 눈길을 머금고 있었다.

"홋카이도까지 온 보람이 있네."

사쿠타는 타쿠미의 등에 손을 얹었다.

제4장

산타클로스의 꿈을 꾸지 않는다

1

신치토세 공항 안에 있는 온천 시설에는 정적이 감돌고 있었다.

현재 시각은 오전 한 시경.

사쿠타 일행은 내일 첫 비행기를 탈 때까지 시간을 보내기 위해, 한밤중에도 영업하는 온천 시설에서 아침까지 머물기로 했다.

널찍한 목욕탕과, 마찬가지로 널찍한 노천 온천. 암반욕, 식당, 휴게소 등, 풍부한 설비가 갖춰져 있다.

일단 온천에 들어가서 느긋하게 시간을 보낸 사쿠타는 온천 시설 안에서 걸치는 일본 전통 실내복으로 갈아입은 후, 지금은 릴렉스룸의 리클라이닝 시트에 몸을 맡기고 있었다.

그리고 시설에 비치되어 있던 무료 만화책을 대충 훑어보고 있었다.

한동안 혼자서 시간을 보내던 중, 타쿠미가 옆에 있는 리클라이닝 시트에 앉았다. 사쿠타와 마찬가지로 회색 실내복을 입고 있었다.

"아카기 양한테서 메시지가 왔어. 내일 아침 첫 비행기를 잡았대."

"몇 시에 뜨는데?"

"7시 반에 출발해서, 하네다에는 9시 10분에 도착한다는

군요."

타쿠미의 시선은 스마트폰을 향하고 있었다. 메시지 애플리케이션으로 이쿠미에게 받은 메시지를 그대로 읽느라, 존댓말로 말한 것 같았다.

"아카기는 어쩌고 있대?"

"옆에 있는 여성 전용 릴렉스룸에서 쉬고 있나봐."

"고맙다고 전해줘."

"싫어. 직접 말해."

그렇게 말한 타쿠미는 사쿠타를 향해 자기 스마트폰을 던졌다. 사쿠타는 만화책에서 뗀 손으로 스마트폰을 잡았다. 덕분에 어느 페이지까지 읽었는지 모르게 됐다. 꼼꼼하게 읽은 것도 아니니, 전혀 문제 될 것은 없지만⋯⋯.

덮인 만화책을 옆에 둔 후, 스마트폰을 쳐다봤다. 예상대로 메시지 앱이 켜져 있었다. 대화를 나누는 상대의 이름은 『Akagi Ikumi』라고 표시되어 있었다.

—티켓, 고마워. by 아즈사가와

⋯⋯하고, 메시지를 입력해서 보냈다.

그 직후, 『읽음』 표시가 붙더니⋯⋯.

—천만에요

⋯⋯라는 딱딱한 대답이 돌아왔다.

이쿠미다운 대답이었다. 그게 조금 우스운 나머지, 숨이 입 밖으로 새어나가듯이 웃음을 흘렸다.

"스마트폰, 땡큐."

사쿠타는 그렇게 말하며 타쿠미를 향해 스마트폰을 던졌다. 타쿠미는 「어」 하고 놀란 듯한 목소리를 냈지만, 별 무리 없이 그것을 잡았다.

"어이, 아즈사가와."

"응~?"

"아카기 양과 함께인 거, 사쿠라지마 씨는 알아?"

"여기 오기 전에 전화로 말해뒀어."

"뭐라고 했는데?"

"어쩌다 보니 아카기도 같이 가게 됐다고 말이야."

"그러니 뭐래?"

"흐음~, 이라고 말하던걸."

사쿠타가 그렇게 대답하자, 타쿠미는 입을 반쯤 벌리며 굳어버렸다.

"저기, 무지막지하게 화난 거 아냐?"

타쿠미는 입가가 살짝 질린 것처럼 웃더니, 그렇게 물었다.

"괜찮아. 전부 후쿠야마 탓으로 돌릴 거야."

"나는 괜찮지 않은 거 아냐?"

"사실이니까 어쩔 수 없어."

"하아, 그건 그래."

타쿠미는 체념한 듯이 등을 시트에 맡겼다.

그 후, 대화가 잠시 끊겼다.

"……."

"……."

두 사람 사이에서 침묵이 흘렀다.

사쿠타는 만화책을 향해 손을 뻗지 않았고, 타쿠미도 스마트폰을 쳐다보지 않았다.

그저, 뭔가를 기다리는 것처럼 입을 다물고 있었다.

그로부터 기나긴 1분이 흐른 후, 타쿠미는 다시 입을 열었다.

"저기, 아즈사가와."

"왜?"

"이대로 있다간, 네네가 어떻게 될 거라고 생각해?"

타쿠미는 이것을 묻기 위해, 기나긴 침묵을 필요했던 것 같았다.

"현재 그녀의 내면에는 이와미자와 네네가 존재하지 않아. 나와 후쿠야마가 그녀를 잊는다면, 진짜로 존재하지 않게 될지도 몰라."

실은 미오리도 그녀를 인식하고 있지만, 타쿠미에게는 말하지 않았다.

"내가 어떻게 하면 좋을까?"

질문을 던지는 목소리의 톤은, 처음과 똑같았다.

진지하지만, 심각하지는 않다.

"그녀를 구할 수 있는 건, 후쿠야마가 지닌 사랑의 힘뿐이야."

"1년 가까이 네네를 잊고 있었던 나에게, 사랑을 논할 자격이 있을까?"

"후쿠야마에게 없다면, 그 누구에게도 없어. 그러니, 정신 바짝 차려."

사쿠타는 앞을 바라보며, 옆에 있는 타쿠미에게 할 말을 건넸다.

한순간, 타쿠미는 놀란 것처럼 입을 다물었다.

하지만, 곧…….

"아하하. 오래간만에 꾸중을 들었네."

……하며, 소리 내서 웃었다.

"빨리 그녀를 되찾아서, 죽도록 꾸중을 들어."

"네네는 화나면 무섭다고."

그 말과 달리, 타쿠미의 표정은 훈훈했다. 사랑하는 이를 생각하고 있는 것처럼…….

타쿠미와 네네. 두 사람이 함께 보낸 시간이 그렇게 만들고 있었다.

"고백했을 때도, 대답 전에 『늦었잖아』라고 말하며 화냈어."

"대학에서 떨어졌을 때는?"

"처음 떨어졌을 때는 『어째서?』라고 말하며 울었어. 두 번째는 『무리 안 해도 돼』라고 상냥하게 위로해줬지."

그때는 괴로웠지, 하며 타쿠미는 웃었다.

"합격한 세 번째는 어땠는데?"

"『다행이야』라며 엉엉 울었어. 정말 안심했었나 봐."

"……"

"지금 생각해보면, 네네는 그 시절에도 이런저런 고민을 안고 있었을 거야."

"……"

"고향에서는 정말 유명인이었어. 때때로 도쿄에 가서 모델 일을 했거든. 그런 애는 내 주위에 네네 뿐이었으니까…… 근처 고등학교까지 이름이 알려져서, 다른 학교에서 보러 오는 애도 있었는데……. 뭐, 아즈사가와한테는 별일 아닌 것처럼 들릴지도 모르겠네."

타쿠미의 쓴웃음은 마이의 존재를 은연중에 시사하고 있었다. 유명인이라는 카테고리에서 이야기하자면, 확실히 마이보다 뛰어난 존재감을 지닌 인물은 흔치 않을 것이다. 한 마을의 유명인 정도가 아니라, 국민적인 지명도를 자랑하니까.

"하지만, 상경한 후로는 생각만큼 일이 늘어나지 않는 것 같았는데…… 네네도 그 이야기를 그다지 하고 싶어 하지 않았어."

"그래도 미인대회에서는 그랑프리를 차지했잖아?"

"그래서, 정말 기뻐했어. 특기인 노래가 화제가 됐다더라고. 노래를 하면 좋은 반응을 받을 수 있으니까, 그런 영상을 찍게 됐어. 인정을 받고, 남들도 즐거워 해줬지. 키리시마 토코를 닮았다, 진짜 같다라는 말에 네네도 즐거워했던 것 같아."

"그게 그녀가 하고 싶었던 일이야?"

"내가 들은 목표는, 도쿄에 있는 방송국에서 아나운서가 되는 거였어. 그래서 등용문이라 할 수 있는 미인대회의 그랑프리에 뽑혀서 그렇게 기뻐했던 거야. 뭐, 걔가 노래를 잘한다는 건 노래방에 같이 간 적이 있어서 알고 있었지만 말이지."

"그런데 지금은 자기가 키리시마 토코라고 말하는 데다, 본인 또한 그렇게 믿고 있는 거구나."

"여러모로 어긋난 걸지도 몰라."

"약간 어긋났을 뿐이라고. 후쿠야마하고도 말이지. 그러니까 다시 어떻게든 하면 돼."

"……."

타쿠미는 아무 말 없이 사쿠타를 쳐다봤다.

하지만 사쿠타는 시선을 마주하지 않았다.

"그럴지도 몰라."

타쿠미는 납득한 듯이 그렇게 말했다.

"내 말이 맞아."

사쿠타는 앞을 바라보며 고개를 끄덕였다.

"저기, 아즈사가와."

타쿠미는 정면을 향해 고개를 돌리면서, 사쿠타에게 말을 건넸다.

"응?"

"나, 네네를 좋아해."

무슨 말을 하는가 했더니, 느닷없는 고백이었다. 아니, 타쿠미에게는 딱히 느닷없는 게 아닐지도 모른다. 그녀의 이야기를 하다 보니, 마음속에서 부풀어 오른 감정이 있을 것이다. 수많은 추억이 머릿속에서 떠올랐을 테니까……

"나, 네네를 좋아해."

타쿠미는 다시 한번 타쿠미에게 말했다.

"그건 내일, 그녀에게 말해줘."

사쿠타는 리클라이닝 시트에서 몸을 일으켰다. 그리고 자리에서 일어나더니, 릴렉스룸에서 나가려 했다.

"어디 가는 거야?"

"화장실."

"잘 다녀와."

"후쿠야마는 내일에 대비해 잠시 눈 좀 붙여."

"잘 수 있을 것 같아?"

쓴웃음을 짓고 있는 타쿠미의 말에 답하지 않으며, 사쿠타는 혼자 릴렉스룸을 나섰다.

아까 말한 대로 화장실에 들른 후, 사쿠타는 타쿠미가 있는 릴렉스룸이 아니라 온천 시설 아래층으로 내려갔다. 한 층 아래는 온천, 그 아래층은 로비와 식당이다.

이미 영업시간이 끝난 식당에는 무료 드링크 코너 쪽에만 불이 켜져 있었고, 다른 곳은 어둑어둑했다.

목을 축이기 위해, 드링크 코너 쪽에서 따뜻한 차를 끓였다. 바로 그때, 등 뒤에서 목소리가 들려왔다.

"아즈사가와?"

뒤를 돌아보니, 다다미 좌석의 턱에 걸터앉아 있는 유카타 차림의 여성이 눈에 들어왔다.

이쿠미다.

사쿠타와 마찬가지로 드링크 코너를 이용하러 온 것인지, 손에 찻잔을 들고 있었다.

사쿠타는 그런 이쿠미의 옆에 약간 거리를 두며 앉았다.

"돌아가는 티켓을 예약해줘서 고마워."

"그 말은 아까 들었어."

"아카기가 있어서 다행이야."

"그 말은, 처음 들어."

이쿠미는 그다지 감정의 변화를 보이지 않으며 차를 홀짝였다.

"이런 장소가 있는 것도, 미리 조사해줬지?"

온천 시설에서 시간을 보낼 수 있다는 것을 알려준 이는 이쿠미다. 하네다에서 출발하기 전, 「도착 시간이 늦으니까, 최소한의 옷가지를 여기서 준비해가는 편이 좋지 않을까?」라는 조언을 해준 이도 이쿠미였다.

"그건, 나를 위해서 한 거야."

"그래도, 도움이 됐어."

"응."

이쿠미가 거북한 듯한 반응을 보이며 다시 차를 홀짝였다. 항상 남을 도우려 하지만, 고맙다는 말을 듣는 것에는 여전히 익숙하지 않아 보였다.

"……."

"……."

다른 이용자가 없는 한밤중의 식당에서는, 두 사람이 말을 하지 않으니 아무런 소리도 존재하지 않았다. 존재하는 것이라고는 난방기 소리뿐이다.

"아카기는 말이야."

"응?"

"후쿠야마의 여친에 관한 이야기를 듣고, 어떤 생각이 들었어?"

이 질문을 입에 담는 건 간단하다. 말로 하는 것은 간단했다.

하지만, 올바른 대답을 하는 것은 어렵다. 매우 어려운 문제라고 생각한다.

그런데도, 사쿠타의 예상과 다르게 이쿠미는 딱히 생각에 잠기지 않았다. 난처한 표정도 짓지 않았다. 처음부터 답을 알고 있었던 것처럼, 자연스럽게 입을 열었다.

"나는, 흔한 일이라고 생각했어."

이쿠미의 얼굴에 당황은 존재하지 않았다. 머뭇거림도 없었다. 이쿠미는 평소와 마찬가지로 차분한 목소리로 말했다.

너무 망설임이 없었기에…….

"그래?"

……하고, 사쿠타는 의문을 표하며 되물었다.

이쿠미의 말에 담긴 진의는, 한 번 들어서는 이해가 안 되었던 것이다.

"아즈사가와는 없었어? 자기 자신을 찾을 수 없거나, 자기 자신을 잃었을 때 말이야."

거꾸로 질문을 받자, 사쿠타는 쓴웃음을 흘렸다. 이번에야말로, 이쿠미가 한 말의 의미를 이해했기에…….

"나는 있어. 일이 뜻대로 안 풀리고, 주위에서 벌어지는 일에 휘둘리다…… 정신을 차리고 보니, 다른 가능성의 세계로 도망쳤어."

"나도 있어. 자기 자신을 잃었을 때가 말이야."

이 감정을 납득이 됐다고 하는 것일까. 이쿠미 덕분에, 쭉 정체를 파악하지 못했던 『이와미자와 네네』라는 인간에 대해, 갑자기 이해하게 된 느낌이 들었다. 가깝게 느껴졌다.

"후쿠야마의 여친이 도착한 곳은 『키리시마 토코』인 거구나."

상경하고 인생이 뜻대로 안 풀리면서, 이제까지의 자기 자신을 부정당하는 기분이 들었다. 게다가 『사쿠라지마 마이』

까지 눈앞에 나타난 것이다. 그런데도 고민하고, 발버둥치며, 노력했지만…… 그래도 아무것도 변하지 않자, 그녀는 자기 자신을 잃고 말았다. 자신이 누구인지 모르게 됐다.

모든 것을 잃고 만 그녀는, 어떤 말에 매달렸다.

"진짜 키리시마 토코일지도 모른다는 말을 들은 건, 자기 자신을 잃은 그녀에게 커다란 의미가 있었을지도 몰라."

"나는 지금도 기억해. 유치원에 다닐 때, 친구 어머니한테 『이쿠미 양은 좋은 아이구나』란 말을 들었던 걸 말이야."

"……."

"나는 그 말이 기뻤어, 또 칭찬이 듣고 싶어서 『좋은 아이』가 되려고 했어."

"아카기다운 이야기야."

"덕분에 중학생 때는 남들한테서 너무 성실하다며 웃음을 샀다니깐."

"그랬지."

"아즈사가와는 기억 못하잖아?"

"기억해."

"정말이야?"

"정확하게는 생각이 난 것에 가까워. 아카기는 누구보다도 깨끗하게 칠판을 닦았잖아? 칠판 지우개도 새것처럼 털었어. 내가 아는 사람 중에 분필 가루를 빨아들이는 클리너까지 청소한 건 아카기뿐이야."

"칠판뿐이구나."

이쿠미는 어처구니없다는 듯이 웃었다. 사쿠타를 비웃는 게 아니다. 그런 과거의 자신을 그리워하며 웃고 있었다.

"하지만 나는 그게 나답다고 생각했으니까, 당시에는 괴롭지 않았어."

"그 계기가 바로 『좋은 아이』라는 한 마디였던 거구나."

"응."

"이와미자와 네네에게 『키리시마 토코 같아』라는 말은, 잃어버린 자기 자신을 되찾을 계기가 된 걸지도 몰라."

적어도 한 가닥의 희망이 됐다.

그것을 길잡이로 착각했다.

"아즈사가와는 그런 경험 없어?"

"어떤 사람에게 『상냥해질 수 있다』라는 말을 듣고, 그렇게 될 수 있을 거라고 생각한 적은 있어."

"지금도, 그 말을 믿는 거구나."

"그렇게 생각하니, 정말 아카기의 말대로네."

"응?"

"어디에나 있을 법한 흔한 일이야."

『키리시마 토코』의 노래를 부른 덕분에, 네네는 드디어 주목을 받게 됐다. 그것은 그녀가 쭉 추구해왔던 자신이다. 쭉 바라왔던 자신이다. 쭉 갈구해왔던 자신의 모습인 것이다.

이상적인 자기 자신이 거기에 존재했다.

편히 지낼 수 있는 장소가 거기에 존재했다.

네네에게 있어, 그것이 『키리시마 토코』였을 뿐인 일이다. 『이와미자와 네네』로 지내는 것보다, 주목을 받는 누군가로 지내는 편이 더 소중했다.

"아카기가 같이 와줘서 정말 다행이야."

빈 찻잔을 내려둔 후, 다다미방에 드러누웠다. 온천시설의 높은 천장이 사쿠타를 내려다보고 있었다.

"잘 거면, 위층으로 올라가서 자."

"그래."

그렇게 대답했을 때, 사쿠타는 이미 눈을 감고 있었다.

2

다음 날 아침, 신치토세 공항에는 일기예보의 예상을 능가하는 폭설이 내렸다.

눈을 뜨고 밖을 처음 봤을 때는, 비행기의 결항을 걱정했을 정도다.

"이 정도면 아직 괜찮아. 조금 지연될지는 모르겠지만 말이야."

절망적인 심정으로 밖을 쳐다보는 사쿠타와 이쿠미에게 밝은 목소리로 그렇게 말한 건, 홋카이도 출신이라 눈에 익숙한 타쿠미였다.

활주로의 눈을 치우는데 다소 시간이 걸려서, 타쿠미의 예언대로 비행기는 한 시간 늦게 이륙하게 됐다.

사쿠타 일행은 오전 여덟 시 반에 신치토세 공항을 떠났다.

약 한 시간 반 동안의 비행이 끝나고, 하네다 공항에 도착한 것은 오전 열 시 경이었다.

버스로 도착 로비로 이동한 후, 서둘러 케이큐선의 개찰구를 통과한 것은 열 시 반이 지났을 즈음이었다.

세 사람은 요코하마 방면으로 향하는 급행 전철의 좌석에 나란히 앉았다. 하차한 곳은 세 사람에게 익숙한 역이다. 대학이 있는 카나자와 핫케이 역이었다.

역의 로터리에서 택시를 잡은 후, 네네가 사는 맨션 주소를 알려줬다. 그곳은 카나자와 핫케이 역에서 걸어서 10분 정도 거리에 있다.

그렇기에, 택시는 5분도 채 걸리지 않고 사쿠타 일행을 목적지까지 데려다줬다.

창 너머로 이와미자와 네네가 사는 3층 맨션이 보였다.

사쿠타는 하루 만에 이곳을 다시 찾았다.

"두 사람은 먼저 가봐. 계산은 내가 할게."

이쿠미의 말에 따라, 사쿠타와 타쿠미는 차의 문이 열리자마자 서둘러 뛰쳐나갔다.

맨션의 계단을 뛰어올라갔다.

목적지는 2층.

호실은 201호실.

사쿠타는 도착하자마자 그대로 인터폰을 눌렀다.

방 안에서 벨소리가 흘러나왔다.

하지만, 아무리 기다려도 반응이 없었다.

아무도 나오지 않았다.

문 너머에서, 인기척도 느껴지지 않았다.

"아즈사가와, 비켜."

호주머니에 손을 집어넣은 타쿠미가 사쿠타를 밀어냈다. 문 앞에 선 타쿠미는 은색을 띤 길쭉한 금속을 손에 쥐고 있었다. 열쇠 두 개가 하나의 키홀더에 달려 있었고, 타쿠미는 그중 하나를 열쇠 구멍에 찔러넣었다.

"이 집 열쇠를 가지고 있었구나."

"그야, 남친이니까요~."

"부럽네."

"그런 소리 할 때가 아니잖아."

자물쇠가 풀리자, 타쿠미는 문을 열었다.

"네네, 나야. 들어가도 되지~?"

일단 양해를 구한 후, 타쿠미는 네네의 집에 발을 들였다.

사쿠타도 뒤따라서 안으로 들어갔다.

눈에 익은 현관 매트가 두 사람을 맞이했다.

하지만, 역시, 인기척은 없었다.

소리가 없었다.

전기도 꺼져 있었다.

"네네? 없는 거야~?"

타쿠미는 그렇게 말하면서, 부엌에서 방으로 이어지는 문을 열었다.

"어? 어?"

그 순간, 당황이 섞인 목소리가 들려왔다.

문을 연 타쿠미가 방 입구에서 딱딱하게 굳어 있었다. 믿기지 않는다는 표정으로, 실내를 관찰하고 있었다.

크리스마스 장식에 잠식된 방 안에 압도당한 것이다.

사쿠타도 처음 봤을 때는 솔직히 놀랐다.

하지만, 지금은 시간이 없다.

"본인도 미니스커트 산타 복장을 하고 있으니까, 만나도 주눅 들지 마."

미리 중요한 사실을 알려줬다.

"그거, 기대되는걸."

"바로 그런 마음가짐이야."

타쿠미와 그런 이야기를 나누면서 방 안을 살펴봤다. 옆에 놓인 접이식 테이블 위에는 완성된 블록 오두막집이 있었다. 어제 사쿠타가 조립하다 말았던 것이다.

"내가 전에 왔을 때는 방이 이렇지 않았거든?"

타쿠미는 책상 위에 놓은 조그마한 트리를 들어 보였다.

"트로피도 여기 놓여있었어."

타쿠미는 특등석에 미인대회 트로피를 뒀다. 그러다, 코트 소매가 펼쳐져 있는 노트북 컴퓨터에 닿았다. 모니터가 희미하게 흔들리면서, 노트북 컴퓨터가 켜졌다. 팬이 돌아가는 소리가 들리더니, 화면에 빛이 들어왔다.

"아즈사가와, 이건……."

타쿠미가 손가락으로 가리킨 것은 노트북의 디스플레이다.

화면에 표시된 것은 후지사와 시가 운영하는 공식 SNS다. 오늘 『사쿠라지마 마이』가 일일 경찰서장을 맡는 이벤트에 관한 안내가 실려 있었다.

개최 장소는 츠지도에 있는 쇼핑몰 실외 이벤트 스페이스다. 전에 스위트 불릿이 라이브를 한 장소다. 오늘 오후 두 시부터 시작한다고 한다.

"후타바가 말한 대로인 걸까."

"네네가 진짜로 사쿠라지마 씨에게 무슨 짓을 하려는 건 아니겠지?"

"그걸 모르니까, 찾고 있는 거야."

"이렇게 되면, 이벤트 장소에 가서 기다리는 수밖에 없는 거 아냐?"

가능하면 여기서 그녀를 잡고 싶었지만 어쩔 수 없다.

비행기가 늦지만 않았으면 좋았을 거라고 생각하며 방을 나선 사쿠타는 현관으로 향했다. 그러다 부엌의 싱크대가 문뜩 눈에 들어왔다. 선반에 머그컵이 놓여 있었다. 게다가 아직 약간 젖어 있었다.

사쿠타는 자연스럽게 가스레인지 옆에 있는 전기 주전자를 봤다.

뚜껑을 열어봤다.

약간 남아있는 물에서 김이 피어오르고 있었다.

"이건……."

무심코, 타쿠미와 얼굴을 마주했다.

"아직, 이 근처에 있을지도 몰라."

사쿠타가 그렇게 말하자, 타쿠미는 힘차게 고개를 끄덕이더니…….

"츠지도에 가려면, 역으로 향하겠지?"

……하고 물었다.

"전에 모토마치에 갈 때는 차를 빌렸어. 이번에도 그럴지도 몰라."

"역 앞의 카셰어 서비스구나!"

타쿠미도 감이 온 것 같았다.

"네네라면 그걸 이용할지도 몰라!"

신발을 신고, 서둘러 방을 나섰다.

계단을 뛰어 내려가자, 이쿠미가 눈빛으로 「어떻게 됐어」하고 물었다. 하지만 사쿠타의 눈은 빨간 신호에 걸려서 서 있는 아까 전의 택시를 향하고 있었다.

"다시 태워주세요!"

양손을 흔들며 쫓아갔다.

신호는 파란색으로 바뀌었다.

택시는 방향지시등을 켜더니, 멈춰 서서 기다려줬다.

3

이쿠미에게 대충 설명을 해주며, 다시 택시에 탄 사쿠타
는……

"역 앞의 주차장으로 가주세요."

……하고 운전사 아저씨에게 말했다.

달리기 시작한 택시는 왔던 길을 돌아가더니, 역 앞을 통
과했다.

"주차장이라면, 저걸 말하는 거지?"

운전사 아저씨는 전방에 있는 5, 6층 건물을 손가락으로
가리키켜 뒷좌석에 사쿠타에게 물었다.

"맞아요. 저 건물 앞에 세워주세요."

사쿠타의 지시대로 운전사 아저씨가 천천히 차를 세웠다.

"아카기, 나중에 돈 줄 테니까 계산 좀 부탁할게."

"알았어."

이쿠미의 대답을 끝까지 듣지도 않고, 사쿠타는 타쿠미와
함께 택시에서 내렸다. 함께 주차장으로 뛰어든 후, 엘리베
이터의 버튼을 누르고 탔다.

엘리베이터는 최상층인 옥상을 향해 올라갔다.

"모토마치에는 내 생일 때 간 거지?"

"생일선물을 사는데 끌려갔었어."

"샘나네."

"앞으로는 네가 같이 가."

"그럴 거야."

타쿠미는 뭔가를 결의한 것처럼 그렇게 중얼거렸다. 그 직후, 도착을 알리는 벨 소리가 들렸다.

엘리베이터를 내리자, 옥상의 주차 에어리어가 눈에 들어왔다.

카셰어 서비스의 차량 네다섯 대가 세워져 있었다.

그중 한 대의 램프가 한순간 빛났다.

눈에 익은 콤팩트카였다. 일전에 네네가 빌렸던 것과 같은 차량이다.

시동이 걸리더니, 주차 스페이스에서 천천히 움직였다.

운전석에는 미니스커트 산타 의상을 입은 이와미자와 네네가 있었다.

"저기 있어!"

하지만 차량은 주차장을 빠져나가기 위해 이미 달리고 있었다.

한발 늦었다. 놓쳤다.

그런 부정적인 말이 사쿠타의 머릿속을 스친 순간, 타쿠미가 그의 옆을 지나치며 단숨에 뛰쳐나갔다.

"네네!"

이름을 부르며, 아래층으로 내려가려 하는 차를 쫓아갔다.

"네네!"

몇 번이나 부르면서, 서행하는 차를 쫓아가더니…… 결국,
추월했다.

"기다려, 네네!"

멈추지 않는 차량 앞으로, 타쿠미가 몸을 던졌다.

양손을 펼치며 막아섰다.

아무리 그래도 너무 무모했다.

"후쿠야마, 저 멍청이가……!"

큰일 났다는 생각이 든 사쿠타는 바로 고함을 질렀다.

충돌할 거라고 생각하며, 시선을 약간 돌렸다.

그와 동시에, 자동차의 브레이크 램프가 붉게 빛났다.

부딪치기 직전…… 겨우 몇 센티미터 차이로 차가 멈춰 섰다.

가슴이 철렁했다. 무모한 짓 좀 벌이지 말아줬으면 한다.

그런 사쿠타의 마음을 알 리 없는 타쿠미는 지금도 두 손
을 펼친 채 차를 막아서고 있었다.

"네네, 내 말 좀 들어줘."

운전석을 향해, 사과하는 듯한 어조로 말을 건넸다.

그러자, 차의 문이 천천히 열렸다.

우선 미니스커트 산타의 부츠가 보였다. 다리가 보였다.

무릎이 보였다. 타쿠미의 눈은 그 움직임을 쫓고 있었다.

　이어서, 붉은색과 흰색 의상으로 감싼 몸 전체가 모습을 보였다. 타쿠미의 눈은 그 모습을 쫓고 있었다. 그녀가 보이는 게 분명한 반응이었다.

　네네의 눈동자는 그런 타쿠미를 지그시 관찰하고 있었다.

　텅 소리를 내며 차의 문이 닫혔다.

　사쿠타가 차 옆을 지나서 타쿠미 쪽으로 걸어가자, 네네는 「또 너야?」라는 의미가 담긴 귀찮은 듯한 시선을 그에게 보냈다.

　하지만, 그것도 한순간에 지나지 않았다.

　네네의 시선은 다시 타쿠미에게로 돌아갔다.

　"놀랐어. 너도 내가 보이는구나."

　"나를 모르겠어?! 타쿠미라고!"

　"그게 누군데?"

　네네의 표정에는 아무런 감정도 어려 있지 않았다.

　그 태도를 본 타쿠미는 표정이 경악에 물들었다. 눈동자는 경악에 사로잡혔으며, 당혹스러워했다. 상황은 사쿠타가 미리 일러준 대로다. 마음의 준비는 했을 것이다. 하지만, 이렇게 두 눈으로 직접 보고 마음으로 느끼는 바가 있을 것이다. 충격을 받았으리라. 어쩌면 자신을 기억할지도 모른다. 그런 물러터진 생각이 머릿속에 다소 존재했던 것이다. 그런 기대를 품고 있었으리라. 하지만, 배신당했다.

"……진짜로 모르는 거구나."

네네를 본 타쿠미의 눈빛에 쓸쓸함이 어렸다.

"네 지인은 무슨 소리를 하는 거야?"

네네는 도움을 청하듯, 사쿠타를 힐끔 쳐다봤다.

"그는 후쿠야마 타쿠미예요. 이와미자와 네네 씨의 연인
이죠."

"너희가 무슨 이야기를 하는지 하나도 모르겠거든? 나는
저 사람을 몰라."

그녀의 눈은 타쿠미를 향하고 있었다.

"그리고 몇 번이나 말했지만, 이와미자와 네네가 누구인
데? 나는, 키리시마 토코야."

태도와 말에서는 파고들 틈이 없었다.

본인이 「아니다」, 「모른다」고 하는 이야기를 대체 어떻게
받아들이게 만들 것인가.

사쿠타에게 있어서도 이런 케이스는 처음이기에, 타쿠미와
네네에게 무슨 말을 해주면 좋을지 전혀 생각나지 않았다.

그런 와중에, 타쿠미가 먼저 입을 열었다.

"……알았어."

쥐어 짜내는 목소리로 그렇게 말했다. 대체 뭘 알았다는
것일까.

"네네가 그렇게 말한다면, 그런 거겠지. 믿을게."

타쿠미는 숙이고 있던 고개를 들었다. 네네의 눈을 똑바

로 바라봤다. 타쿠미를 타쿠미로 인식하지 않는 네네의 눈동자에서 도망치지 않겠다는 듯이, 그녀와 시선을 마주했다.

"……."

그런 타쿠미의 뜻밖의 태도를 접한 네네는 적지 않게 당황한 것처럼 보였다.

"잠시만이라도 괜찮으니까, 나한테 시간을 주지 않겠어?"

타쿠미는 평소 느낌으로 말을 건넸다.

"시간이 별로 없는데……."

하지만, 네네는 안 된다고 딱 잘라 말하지는 않았다.

"고마워."

그 말을 긍정으로 받아들인 타쿠미는 고맙다는 말을 입에 담았다. 그 후, 목에 두른 머플러의 끝부분을 만졌다.

"이 머플러는 네네가 준 거야. 사귀기 시작하고 처음 맞이한 생일에 말이지."

"정말 낡았네."

"그 후로 겨울을 다섯 번이나 맞이했거든."

"물건을 아껴 쓰는 타입이구나."

대화가 성립되고 있다. 하지만, 그 목소리에 어린 온도는 달랐다. 타쿠미는 마음을 담아서 이야기하고 있지만, 네네의 반응은 담백하기 그지없었다.

"나한테 이 머플러는, 네네한테 받은 소중한 선물이야. 부적 같은 거라 버릴 수가 없었어. 수험 때마다 이걸 두르고 갔지."

"효험은 있었어?"

"첫해는 떨어졌어. 1년 재수하고 치른 두 번째 수험 때도 떨어졌지."

타쿠미는 쓰디쓴 추억을 쓰디쓴 표정으로 이야기했다.

"그랬더니, 네네는 그 머플러가 재수 없는 것 같으니 버리라고 말했어. 그래서 사귀기 시작하고 처음으로 대판 싸웠다니깐."

"그랬구나."

"이런 추억도, 역시 모르는 거구나."

"그야, 그건 네 여친의 이야기잖아?"

타쿠미를 쳐다보는 네네의 표정에는 변함이 없었다. 감정이 어려 있지 않았다.

"수험을 위해 이쪽에 온 며칠 동안, 네네의 집에서 머물렀던 것도?"

"몰라."

"아침에 일어나보니, 네네가 머플러를 쓰레기통에 버린 것도?"

"몰라."

"내가 그걸 쓰레기통에서 꺼낸 바람에 또 싸운 것도?"

"몰라."

몇 번을 물어도, 몇 번을 물어도, 네네는 마치 음성 메시지처럼 같은 말만 무미건조한 어조로 되풀이할 뿐이었다. 몰라. 몰라. 몰라. 볼에도, 눈썹에도, 이와미자와 네네의 감정은 드러나지 않았다. 그녀의 내면에, 이와미자와 네네는 이제 존재하지 않는다. 그것을 통감하게 했다. 아마 타쿠미는 누구보다 그것을 느끼고 있으리라. 그런데도, 타쿠미는 계속 말을 건넸다.

"세 번째 수험 때도, 네네 몰래 이 머플러를 하고 간 것도 모르겠네."

"결과는 어때?"

"합격했어."

"축하해."

그것은, 사쿠타가 이제까지 들은 것 중에서 가장 감정이 어리지 않은 축복이었다.

타쿠미의 입가가 일그러졌다. 이런 상황에 처한 자기 자신을 향해 실소를 흘리고 있었다.

"아즈사가와에게 들었어."

"뭘?"

"새 머플러를 사줬다며?"

"나는 몰라."

"공항까지 건네주러 왔는데, 눈치채지 못해서 미안해."

"……."

"그러니까, 나는 몰라도 돼. 네네를 1년 가까이 잊고 있었잖아? 내가 잊히는 것도 당연한 일이라고 생각해."

"……."

"하지만, 이제 잊지 않겠어. 네네가 나를 떠올릴 때까지 포기하지 않을 거야. 몇 년이 걸리더라도……."

"그래서?"

자신을 똑바로 바라보는 타쿠미에게, 네네는 질문을 던졌다.

처음과 마찬가지로, 그 표정에는 아무런 감정도 어려 있지 않았다.

"응?"

타쿠미가 무심코 되묻는 심정도 이해가 됐다.

"아까부터 무슨 이야기를 하는 거야?"

네네는 지겨운 듯이 스마트폰을 확인했다.

"미안하지만, 이제 가봐야 해."

자동차를 향해 몸을 돌렸다.

"간단한 이야기야."

말을 잇는 타쿠미를 무시한 네네는 차의 손잡이에 손을 댔다.

"나, 후쿠야마 타쿠미가 이와미자와 네네를 좋아한다는 이야기지."

치의 문을 열려던 순간, 네네는 움직임을 멈췄다.

"1년 가까이나 잊고 있었으니, 나는 이미 네네에게 차인 걸까? 그럼, 다시 사귀어주세요."

"······."

네네는 대답하지 않았다.

문손잡이를 쥔 채, 꼼짝도 하지 않았다.

"아직 차이지 않았다면, 앞으로도 계속 사귀어주지 않겠어요?"

"······."

첫 반응은 침묵이었다.

"······."

그다음은, 말없이 타쿠미를 쳐다봤다.

그런 그녀의 입술이 살며시 움직였다.

"어째서······."

겨우 들리는 작은 속삭임이었다.

"어째서······."

두 번째는, 아까보다 더 또렷한 목소리였다. 하지만, 아직 작다.

"네네를 좋아하거든."

천천히, 그리고, 조용히, 타쿠미는 따뜻한 어조로 자신의 마음을 전했다. 직접 그 마음을 확인하고 있는 듯한, 그런 말투였다.

"거짓말, 하지 마······."

고개를 숙인 네네의 목소리는, 떨리는 것처럼 들렸다.

"거짓말 아니야."

"그럴 리, 없어……!"

이번에는 틀림없이 떨리고 있었다. 목소리가, 어깨가…… 그리고, 마음도.

"진짜야!"

타쿠미는 필사적으로 호소했다.

"이렇게 꼴사나운! 내 어디를 좋아한다는 건데!"

갑자기, 네네의 입에서 격렬한 감정이 터져 나왔다.

깊은 한탄이, 옥상에 울려 퍼졌다.

가슴 깊은 곳을 움켜쥐는 듯한 통곡이었다.

"자신만만하게 상경해놓고! 일은 전혀 늘어나지도 않는! 사무소에 소속됐을 뿐인 이름뿐인 모델을!"

"……."

그런 격렬한 감정과 맞닥뜨린 타쿠미는 할 말을 잃고 말았다.

사쿠타도 마찬가지였다.

네네를 감싼 암담한 공기에, 짓눌리고 있는 기분이었다.

아까까지와는, 다른 사람처럼 보였다.

얼굴은 같지만, 한 번도 본 적 없는 표정을, 미니스커트 산타는 짓고 있었다.

"나라면 해낼 수 있을 거라고 생각했어! 무엇이든 될 수 있을 거라고 생각했어! 하지만, 봐! 결국 이 꼴이야! 패배자인 내가 될 수 있는 건, 결국 가짜 키리시마 토코 뿐이야……!"

"……네네, 맞지?"

타쿠미는 드디어 그 이름을 입에 담았다.

"네네!"

다시 한번 부르자, 네네는 옅은 미소를 머금으며 고개를 들었다.

"나를 비웃어……. 아무것도 아닌 나를 비웃으란 말이야!"

"비웃을 리 없잖아!"

타쿠미의 목소리에는 진지한 분노가 어려 있었다. 물론, 네네를 향한 분노는 아니다. 아무것도 하지 못한 자신과 이렇게까지 네네를 몰아붙인 무언가를 향한 분노다.

"……너는, 나를 신경 쓰지 마."

"네네를 보고 웃는 자식들이 더 웃기다고. 안 그래."

"미안해, 타쿠미. 아와미자와 네네한테는 아무것도 없어. 그런 내가 할 수 있는 건, 키리시마 토코가 되는 것뿐이야."

"나는 네네를 좋아하게 됐어. 네네인 채로의 네네를……!"

"나인 채로의 내가 대체 뭔데?!"

"……."

그 갑작스러운 질문에, 타쿠미는 한순간 말을 잇지 못했다.

"그런 어엿한 자신을 안다면, 이렇게 고생 안 해!"

"하지만……!"

타쿠미는 감정에 의지해, 계속 몰아붙이려 했다.

네네는 그런 타쿠미를 노려보더니…….

"그래도, 나는 남들보다 축복받았다고 생각하고 싶어! 아무리 꼴사납더라도, 무언가가 될 수 있다고 생각하고 싶어!"

……하고 외쳤다.

"……."

이번에야말로, 타쿠미는 완전히 할 말을 잃었다.

무거운, 너무나도 무거운 침묵이 감돌았다.

하지만, 그 침묵은 그렇게 길지 않았다.

사쿠타가 입을 연 것이다.

"제대로 알고 있잖아요."

"……."

네네의 날카로운 시선이 사쿠타를 향했다.

"자기 자신을, 알고 있잖아요."

"……."

"방금 그게 이와미자와 네네 씨다움이에요. 무언가가 되고 싶다면, 이제부터 되라고요. 아나운서든, 뭐든 말이에요."

"하고 싶은 말은 그게 다야?"

얼음장 같은 눈동자가 사쿠타를 향했다.

"아뇨, 더 있어요."

"……."

네네는 미간을 모았다. 그 눈은 「이런 분위기 속에서 용케 그런 소리를 하네」 하고 말하고 있었다. 사쿠타는 그것을 눈치 못 챈 척하며 말을 이었다.

"아까 전의 『자신에게는 아무것도 없다』란 말, 솔직히 말해 너무 과대포장 아닌가요?"

사쿠타가 그렇게 말하자, 옆에 있는 타쿠미가 당황한 듯한 반응을 보였다.

"……무슨 말이 하고 싶은 건데?"

네네가 노골적으로 짜증 섞인 감정을 드러냈다.

과대포장이라는 말을 듣는다면, 웬만한 이들은 이런 반응을 보일 것이다.

"이와미자와 씨에게는, 후쿠야마가 있잖아요."

사쿠타는 네네의 눈을 바라보며 말했다.

"자기를 소중히 여겨주는, 자신의 소중한 사람이 있잖아요."

사쿠타는 끝까지 눈길을 돌리지 않았다.

네네도 눈길을 돌리지 않았다.

"……"

사쿠타의 말을 부정하지도 않았다. 불만을 토하지도 않았다. 그저 듣고만 있었다.

"그런 사람을 패배자라고 말하지 않아요. 사랑받고 있으니까요."

"……하고 싶은 말은 그게 전부야?"

"네."

사쿠타가 딱 잘라 말하자, 네네는 고개를 살짝 숙이며 어깨를 떨었다. 분노를 참고 있는 게 아니다. 치밀어오르는 웃음을 참고 있었다. 하지만, 네네는 못 참겠다는 듯이 웃음을 터뜨렸다.

"뭐? 사랑받아? 그게 그런 표정으로 할 소리야?"

손뼉을 친 네네는 배를 감싸 쥐며 웃었다. 웃겨 죽겠다는 듯한 반응이었다.

그 모습을 본 타쿠미는 곤란한 듯이 웃음을 흘렸다.

"너한테 그런 소리 들으니, 솔직히 말해 부아가 치밀거든?"

겨우 웃음을 멈춘 네네는 사쿠타를 쳐다보며 코웃음을 쳤다.

"확실히, 아즈사가와한테 그런 소리를 들으면 부아가 치밀지."

타쿠미는 쓰디쓴 표정으로 그렇게 말했다.

"하지만, 맞아. 그런 식으로 생각할 수 있다면, 인생은 좀더 재미있을지도 몰라."

다른 누군가에게 하는 말이 아니다. 자기 자신의 마음과 마주하듯, 네네는 조용히 중얼거렸다.

"그러니, 일단 지금은 타쿠미로 만족할래."

그것도 거의 혼잣말에 가까웠다.

하지만, 사쿠타의 귀에도 들렸다.

물론, 타쿠미의 귀에도 들렸다.

"다행이다~."

타쿠미는 진심으로 안심한 것처럼, 그 자리에서 몸을 웅크렸다.

"자, 일어서."

타쿠미의 앞으로 걸어간 네네가 양손을 내밀었다. 타쿠미가 그 손을 잡자, 네네가 당겨서 일으켜줬다.

"일은 잘 풀렸어?"

어느새 이쿠미가 사쿠타의 옆에 서 있었다.

"아카기한테도 보여?"

"그래. 환하게 웃고 있는 미니스커트 차림의 산타클로스 말이지?"

"그럼, 이걸로 문제는 해결된 거네."

그 말을 듣고 진심으로 안도했다. 이것으로 마이에게 위험이 찾아오는 것을 막았다. 그것을 위해 홋카이도까지 다녀온 고생이 보답받았다. 정말 잘됐다.

그렇게 생각한 것은 잠시에 지나지 않았다.

"잠깐만."

바로 그때, 네네가 진지한 표정으로 사쿠타를 돌아보았다.

"아마, 아직 끝나지 않았어."

"그게 무슨……."

키리시마 토코를 자처하던 이와미자와 네네의 문제는, 방금 해결됐다.

그것 말고 무슨 문제가 있다는 것일까.

"한 명이 아냐."

"뭐?"

"키리시마 토코는 나 말고도 있어."

네네는 뜻밖의 말을 입에 담았다.

말 자체는 이해가 됐다.

하지만 무슨 말을 들은 건지, 금방 이해하지는 못했다. 마음이 납득하지 못했다.

그래도, 사쿠타의 사고회로는 망설이지 않았다.

키리시마 토코가 더 있다.

그것은, 지금도 마이에게 위험이 닥칠 가능성이 있다는 의미다.

그 점을 이해한 순간, 사쿠타는 엘리베이터 쪽으로 뛰어갔다.

"아즈사가와, 갑자기 무슨 일이야?!"

뒤편에서 타쿠미의 고함이 들려왔다.

"미안한데, 지금 바빠!"

뒤를 돌아보지도 않으며 대답했다.

"어디 가는 건데?!"

"마이 씨가 있는 곳!"

"그럼 타! 데려다줄게!"

사쿠타는 걸음을 멈췄다.

뒤돌아보니, 네네가 운전석에 타는 모습이 눈에 들어왔

다. 타쿠미는 조수석에서 몸 절반을 집어넣고 있었다.

"고마워!"

그대로 차로 뛰어간 사쿠타는 뒷좌석의 문을 열었다.

"아카기도 같이 가자."

차 반대편에서 머뭇거리고 있는 이쿠미에게 그렇게 말하며 차에 탔다. 이쿠미도 한발 늦게 차에 탔다. 차의 문은 거의 동시에 닫았다. 그리고 안전벨트를 찬 순간, 차가 출발했다.

"츠지도로 가면 되지?"

"네."

내비게이션은 이미 목적지까지의 길 안내를 시작했다.

4

후지사와 역의 바로 옆 역…… 츠지도 역 앞에 차가 들어서자, 차 안에서도 알 수 있을 만큼 수많은 인기척이 밖에서 느껴졌다.

"역시, 인기가 엄청나네."

핸들을 쥔 네네가 자조하듯 웃었다.

"아슬아슬하게 행사 전에 도착하려나?"

타쿠미가 그렇게 중얼거렸다.

차 안의 시계는 오후 1시 55분을 가리키고 있었다.

"나와 타쿠미는 주차장을 찾아볼 테니까, 두 사람은 여기서 내려."

네네가 차를 버스 정류장 쪽에 일시적으로 세웠다.

"고마워요."

감사 인사를 한 사쿠타는 이쿠미와 함께 차에서 먼저 내렸다.

목적지인 쇼핑몰은 도로 반대편에 있다. 그러니 우선 건너편으로 넘어갈 필요가 있다.

건널목은 근처에 없었다. 무리해서 건너기에는 교통량이 너무 많았다. 그래서 사쿠타는 주저함이 없이 역과 쇼핑몰을 잇는 입체보행로의 계단을 뛰어 올라갔다. 보도교의 역할을 하는 것과 동시에, 쇼핑몰 2층 입구까지 걸어갈 수 있는 연락통로의 역할도 하는 편리한 입체 보행로다.

역 개찰구 쪽은 수많은 사람으로 붐비고 있었다. 가족으로 보이는 일행과 커플, 여고생 2인조…… 손님층은 다양했다. 그쪽에서는 「오늘, 사쿠라지마 마이가 온대」라는 목소리도 들려왔다.

사람과 사람 사이를 가르며, 서둘러 나아갔다. 이쿠미도 뒤에서 따라오고 있었다.

이미 『일일 경찰서장』 이벤트는 시작했는지, 행사장에 다가갈수록 스피커에서 흘러나오는 여성의 안내 방송이 뚜렷하게 들려왔다.

"부디 양보 정신을 발휘하며 주위 사람과 함께 관람해 주십시오. 또한 사진, 동영상 촬영은 자제 부탁드립니다. 그런 분이 보일 경우, 순찰 중인 경찰관이 말을 걸 수 있으니 양해 부탁드립니다.”

역시 경찰 이벤트다운 안내 방송이다. 경비를 맡은 건 진짜 경찰관이다. 이렇게 안전한 이벤트도 흔치 않을 것이다.

그런 생각을 하면서 길 끝까지 이동한 사쿠타와 이쿠미는 역 북쪽 출입구를 통해 밖으로 나갔다. 그러자 거대한 쇼핑몰 건물이 두 사람을 맞이했다.

그 입구로 이어진 입체 보행로 위에서는 수많은 사람이 멈춰 있었다.

입체 보행로의 가장자리…… 난간 쪽에는 사람이 빼곡하게 있었다.

다들 몸을 내밀며, 아래편을 보고 있었다.

그들이 보고 있는 건, 쇼핑몰과 로터리 사이의 조그마한 광장에 설치된 이벤트 무대다. 그 앞에는 수많은 사람이 모여 있었다. 수백 명 정도가 아니다. 천 명은 되지 않을까. 입체 보행로 위도 합치면, 그 숫자는 두 배가량으로 늘어날 것 같았다.

“정말, 인기가 대단해.”

사람과 사람 사이에서 아래편을 보고 있던 이쿠미가 그렇게 중얼거렸다.

그 목소리는 사쿠타의 귀에도 전해졌다. 하지만, 사쿠타는 그 말에 반응하지 못했다.

사쿠타는 무대 앞에 모인 인파에게 눈길을 빼앗겼다. 의식을 빼앗기고 말았다.

믿기지 않는 광경을, 사쿠타는 보고 만 것이다.

그 인파 안에, 빨간색 모자를 쓴 사람들이 드문드문 있었다.

대여섯 명 정도가 아니다. 열 명, 스무 명도 아니다. 더 많다.

"저게, 뭐야."

감정이 그대로 말이 되어 입 밖으로 흘러나왔다.

"아즈사가와? 괜찮아?"

사쿠타에게 일어난 이변을 눈치챈 건지, 이쿠미가 그의 어깨를 만졌다.

"아카기는 안 보이는 거야?"

"뭐가 안 보이냐는 건데?"

"무대 앞에 산타클로스가 잔뜩 있잖아."

"뭐? 어디에 말이야?"

그 반응이야말로, 보이지 않는다는 증거다.

"저기에도, 저기에도, 저쪽에도, 이쪽에도 있어."

평범한 관객 사이에, 당연한 듯이 줄 서 있다. 무대 가장 앞줄에 대여섯 명. 그 뒤편의 인파 안에도 대여섯 명. 그리고 그 뒤편에 또 열 명……

고개를 들어보니, 입체 보행로 위에도 산타클로스 복장을 한 젊은이가 드문드문 있었다. 남성도 있고, 여성도 있다.

나이는 스무 살 전후가 많아 보였다.

딱히 이상한 행동을 취하고 있지는 않았다.

하지만, 무대를 지그시 보고 있었다.

흥미롭게 바라보고 있었다.

그것은 그야말로 기묘한 광경이었다. 이상한 광경이었다.

"그렇게 많이 있는 거야?"

정확한 숫자는 모르겠다.

"아마, 백 명은 될 것 같아."

"……."

이쿠미가 깜짝 놀라며 눈을 치켜떴다.

그리고 다시 주위를 둘러봤지만, 그녀의 눈에는 보이지 않는지 당혹스러워했다.

"설마, 그 많은 사람이 전부……?!"

이쿠미의 놀란 목소리와, 안내 방송이 포개졌다.

"여러분, 오래 기다리셨습니다. 곧 도착할 거라는 연락을 받았습니다."

진행을 담당하는 여성 경찰관이 무대 위에 서서 그렇게 말했다. 행사장 전체의 기대감이 고조됐다.

"아, 오신 것 같군요."

그녀는 무대에서 보이는 오른쪽 로터리를 쳐다봤다. 그곳에, 검은색 차량의 선도를 받는 경찰차가 들어왔다. 그리고 이 광장에 붙여대듯 정차했다.

한 남성 경찰관이 뛰어가더니, 경찰차의 뒷좌석 문을 열었다.

안에서 나온 이는 경찰복을 입은 여성 경찰관······『일일 경찰서장』이라 적힌 어깨띠를 찬『사쿠라지마 마이』였다.

자연스럽게 커다란 박수가 터져 나왔다.

마이는 미소를 짓더니, 앞장서는 경찰관을 뒤따르며 무대에 올랐다.

"그럼 소개하겠습니다. 오늘 일일 경찰서장을 맡아주실 여배우, 사쿠라지마 마이 씨입니다."

사람들은 한층 더 크게 박수치며 마이를 환영했다. 산타클로스들도 일반 관객들과 마찬가지로 박수를 치고 있었다. 역시 이상한 행동은 보이지 않았다. 그 점이 거꾸로 무시무시하게 느껴졌다. 사쿠타는 더욱 초조해졌다. 무슨 일이 일어날지 모른다. 자신이 뭘 할 수 있는지도 모른다. 상대는 백 명이나 되는 산타클로스인 것이다.

입이 쩍쩍 말라갔다. 목이 탔다.

"그럼『사쿠라지마 서장님』께, 인사를 부탁드려도 될까요?"

"네!"

아름다운 목소리로 대답한 마이는 무대 중앙으로 걸어갔다. 스탠드 마이크 앞에 서더니, 작게 심호흡을 한 후에 인사말을 시작했다.

"교통안전 홍보를 위해 일일 경찰서장을 맡게 된, 사쿠라지마 마이입니다."

마이가 이야기를 시작하자, 이 자리에 모인 이들은 조용히 그 말에 귀를 기울였다. 산타클로스들도 얌전히 이야기를 듣고 있었다.

"작년에 저도 운전면허를 취득하면서, 도로교통의 안전의식 및 사고 방지의 중요성을 절실하게 느꼈습니다."

"아래쪽으로 내려가자."

이쿠미에게 작은 목소리로 그렇게 말한 사쿠타는 에스컬레이터에 탔다. 무슨 일이 일어나더라도, 여기 있어서는 아무것도 할 수 없다. 마이의 곁에 있어야만, 마이를 지킬 수 있다. 그렇게 생각했다.

"오늘 이 기회가 일상생활 속에서 망각하기 쉬운 교통 규칙의 소중함을 여러분께서 다시 생각하시는 기회가 된다면, 정말 영광일 겁니다."

무대 뒤편에 설치된 에스컬레이터를 타고, 입체 보행로에서 1층으로 내려갔다.

그 순간, 눈앞에서는 못 본 척 넘어갈 수 없는 일이 벌어지고 있었다.

모여든 관객들이, 마이를 더 가까운 데서 보기 위해 서서히 앞으로 밀려든 탓이다. 산타클로스가 보이지 않는 사람들에게, 그들이 있는 공간은 빈 곳처럼 보이는 탓이다. 「앞으로 붙어」, 「붙으라고」라고 외치는 목소리와 함께, 뒤편에

있는 이들이 앞쪽으로 밀려들고 있었다.

일반 손님과 산타클로스가 밀집해 있는 무대 앞은 금방이라도 엉망이 될 것 같았다. 뒤편에서 밀려난 산타클로스가 금속제 철책을 무대 쪽으로 밀어냈다.

하지만, 정면에 서서 경비 중인 경찰관은 그 이변을 눈치채지 못했다.

끼기긱 소리를 내면서, 철책이 무대를 향해 서서히 밀려났다.

겨우 그것을 눈치챈 경찰관이 「스톱」이라는 듯이 객석을 향해 손바닥을 내밀었다. 긴박감은 전혀 느껴지지 않았다. 그것도 어쩔 수 없는 일이었다. 산타클로스가 보이지 않는다면, 객석 쪽에는 아직 공간이 있다. 위험하다고 느낄 요소는 전혀 없다. 하지만, 사쿠타의 눈에는 한순간의 유예도 없는 광경으로 보였다.

"그리고 사고가 없는 사회를 만드는 노력은 매우 중요하지만, 불행한 사고에 휘말렸을 때는 도움이 필요한 누군가를 위한 기증자가 되는 길이 있다는 점 또한 여러분께서 알아주셨으면 합니다."

이제 무너진다. 그 이외의 미래는 상상조차 되지 않았다.

"이 말을 끝으로, 인사를 마칠까 합니다."

박수가 터져 나왔다.

관객들의 그 행동이, 최악의 사태로 이어지는 신호가 됐다.

"그만해! 밀지 마!"

누군가가 긴박한 목소리로 외쳤다.

그 직후, 철커덩하는 큰 소리가 들렸다. 무대와 관객을 가르는 철책이 쓰러진 것이다. 그곳을 통해, 일반 손님이 무대쪽으로 쏟아져 나왔다. 산타클로스들도 쏟아져 나왔다. 그숫자는 30, 40명은 됐다. 밀려나는 기세는 줄어들지 않았고, 그들은 넘어지고 발을 헛디디면서 무대를 향해 눈사태가 일어난 것처럼 밀어닥쳤다.

"마이 씨!"

사쿠타는 고함을 지르면서 무대를 향해 뛰어갔다.

마이와 눈이 마주쳤다.

의문과 불안이 얼굴에 어려 있었다.

밀려난 산타클로스가, 무대 옆에 놓인 대형 스피커를 향해 굴러가듯 부딪쳤다.

그 바람에, 스피커가 마이를 향해 쓰러졌다.

뭐라고 외쳤는지, 스스로도 알지 못했다.

무슨 말을 외치며 있는 힘을 다해 뛰어간 사쿠타는, 마이의 앞쪽으로 몸을 날렸다.

쓰러지는 대형 스피커를 양손으로 받아냈다.

하지만 그 무게를 감당하지 못한 탓에, 쓰러지는 스피커가 사쿠타의 머리에 정통으로 부딪쳤다.

"사쿠타!"

쿠웅, 하는 큰 소리가 났다.

자기가 어떻게 된 건지, 바로 깨닫지 못했다.

눈을 뜨자 가장 먼저 보인 건, 함께 잠을 자듯 쓰러져 있는 스피커였다.

그 너머에는 놀란 표정을 짓고 있는 수많은 일반 손님이 있었다. 입을 쩍 벌린 채 멍하니 서 있었다. 마찬가지로 멍하니 서 있는 수많은 산타클로스도 보였다.

머리가 제대로 돌아가지 않았다.

그렇기에, 어떻게 행동하자는 생각을 하지 못했다.

그저, 사쿠타는 아무 일도 없었다는 듯이 몸을 일으켰다.

"괜찮아요. 여러분, 진정하세요."

모여든 일반 손님을 향해, 그렇게 말했다.

"괜찮아요."

모여든 산타클로스들을 향해, 그렇게 말했다.

행사장 안은 정적이 감돌고 있었다.

다들 사쿠타를 보고 있었다.

산타클로스들도 사쿠타를 쳐고 있었다.

금방이라도 비명을 지를 듯한 표정으로, 다들 사쿠타를 보고 있었다.

뒤늦게, 몸의 감각이 되돌아왔다.

얼굴 절반이 뭔가에 축축하게 젖은 듯한 불쾌함이 느껴졌다.

의아하게 생각하며 손으로 훑어보니, 손바닥은 새빨갛게 물들어 있었다.

"사쿠타, 움직이지 마."

마이의 걱정스러운 목소리가 들려왔다.

그 말에 괜찮다고 답하기 위해 고개를 돌린 순간, 갑자기 머릿속이 어질했다. 머릿속이 흔들렸다. 시야가 흔들렸다. 그것을 자각한 순간, 철퍼덕 하고 엉덩방아를 찧었다.

그리고 가만히 앉아있을 수도 없는 상태인 사쿠타는 차갑고 딱딱한 지면에 쓰러졌다.

하지만, 지면의 딱딱함도, 차가움도, 사쿠타는 느끼지 못했다.

폭신하고 부드러운 감촉이, 사쿠타를 감쌌다.

쓰러지기 직전, 마이가 사쿠타를 감싸 안은 것이다.

그 사실에 안도한 건지, 사쿠타의 의식은 순식간에 멀어졌다.

"구급차를 불러주세요!"

일일 경찰서장다운 늠름한 목소리로 마이가 내린 지시를, 사쿠타는 듣지 못했다.

"왜, 산타가 이렇게……."

"오늘, 산타 이벤트라도 있어?"

"산타가 잔뜩…… 대체 뭐야?"

술렁거리기 시작한 행사장 안의 목소리도, 사쿠타는 듣지 못했다.

의식을 되찾은 순간, 가장 먼저 몸이 느낀 것은 흔들림이었다.

달리는 차량의 흔들림이다.

그와 동시에 사이렌이 들렸다.

아무리 기다려도 가까워지거나, 멀어지지 않는 사이렌 소리다.

사쿠타는 천천히 눈을 떴다.

보인 것은 좁고 낯선 공간이었다.

천장도, 벽도 가까웠다.

"정신이 든 것 같아요."

누군가가 다른 누군가에게 건네는 그 목소리는 왠지 귀에 익었다.

사쿠타가 누워있는 침대 옆에는 리오가 앉아 있었다.

"아마 뇌진탕일 거예요. 심각한 상태 같지는 않지만, 머리를 다쳤으니 병원에 도착하면 정밀 검사를 받아보는 편이 좋을 거예요."

증상을 해설하면서 사쿠타의 동공을 체크하고, 맥을 재는 사람은 남성 구급대원이었다. 나이는 30대 초반 같아 보였다.

그 모습을 본 사쿠타는 자기가 구급차로 옮겨졌다는 사실을 명확하게 이해했다.

"왜, 후타바가 여기 있는 거야?"

그것이 가장 먼저 든 생각이었다.

"나도 일일 경찰서장 이벤트를 보러 갈 거라고, 어제 말했잖아?"

"아, 그러고 보니 그런 말을 들었던 것 같아."

이제야 자기가 구급차로 옮겨진 이유도 생각이 났다.

"마이 씨는?"

"무사하니까 걱정하지 마."

그 말을 한 사람은 리오의 옆에 앉아 있는 이쿠미였다.

"왠지, 이상한 조합이네."

"거기에 한 명 더 포함되거든?"

리오의 시선이 차량의 앞쪽, 구급차의 운전석을 향했다.

"사쿠타, 사람 좀 조마조마하게 만들지 말라고."

누워있는 사쿠타는 안 보이지만, 그 목소리와 말투로 상대가 누구인지 눈치챘다. 고등학생 때부터의 친구인 쿠니미유마다.

현재는 소방서에서 근무하고 있다.

"설마 이렇게 빨리 쿠니미에게 신세를 지게 될 줄은 몰랐어."

"두 번은 없었으면 좋겠는걸."

웃고 있지만, 방금 한 말은 진심에서 나온 듯한 분위기였다.

"조심할게."

"진짜로 부탁할게."

한번 멈춰 선 차량은 방향지시등을 켜며 오른쪽으로 돌았다.

"산타클로스들은 어떻게 됐어?"

우선 이쿠미를 쳐다보고, 그 후에 리오를 쳐다봤다.

"경찰 쪽에서 한 명씩 사정 청취를 한다나봐."

리오가 그 질문에 답했다.

"사쿠라지마 씨는 경찰에게 그 이야기를 들은 후에 병원으로 오겠대."

이쿠미는 그렇게 덧붙여 말했다.

"그렇구나. 하긴, 오늘은 경찰서장이니 말이야."

"곧 도착합니다. 하차 준비."

유마의 믿음직한 목소리가 들려오는 가운데, 구급차는 병원에 도착했다.

병원에 도착하자마자 진찰실로 옮겨져서, 머리에 난 상처를 봉합했다. 그것이 끝난 후에는 의식을 확인했다. 구역질이 나거나 현기증이 나지 않는가. 손발이 저리지 않는가. 그런 점을 하나하나 세세하게 체크했다.

"괜찮은 것 같아요."

"똑바로 걸을 수도 있는 것 같군요. 그래도 혹시 모르니, CT로 검사해보죠."

"네, 부탁드립니다."

"그럼, 이쪽으로 오세요."

간호사는 진찰실에서 꽤 떨어진 곳에 있는 병원 안쪽으로 사쿠타를 안내했다. 시간여행에 쓰일 듯한 기계가 놓여있는 CT검사실이었다.

기묘한 소리가 울려퍼지는 그 방의 차가운 침대에 누운 후, 별실에 있는 의사의 지시에 따르며 한참을 대기했다. 무엇을 하는지도 제대로 이해하지 못한 채, 겨우 몇분만에 검사가 끝났다.

"결과가 나올 때까지, 대기실에서 기다려주세요."

간호사에게 그런 말을 들은 후, 검사실 밖으로 내보내졌다.

사쿠타는 아까 지나왔던 복도를 혼자서 돌아가게 됐다.

미아가 되지 않도록 주위를 두리번거리면서 걸어간 그는 곧 대기실에 도착했다. 그러자, 그곳에는 아는 얼굴이 늘어나 있었다.

"어, 아즈사가와. 괜찮아?"

가장 먼저 사쿠타를 발견하고 그렇게 물어본 이는 타쿠미였다.

"그다지 괜찮아 보이지는 않네."

옆에 있는 네네의 시선은 사쿠타의 머리를 향했다. 호들갑스럽게 매여있는 붕대를 본 것이다.

"자세한 결과는 나중에 듣기로 되어 있긴 한데, CT 촬영을 한 선생님은『뭐, 괜찮은 것 같군요』하고 말했어."

사쿠타는 아까 들은 말을 해주면서, 네네의 복장을 살폈다. 츠지도 역 앞에서 헤어진 후에 옷을 갈아입은 건지, 미니스커트 산타 복장이 아니었다.

역시 그 복장으로 마을을 돌아다닐 수는 없었을 것이다. 이제 남들의 눈에 보이니 말이다.

"무사하면 됐어. 방해만 될 테니까 돌아갈게."

네네는 그렇게 말하면서 타쿠미를 재촉했다.

"어? 방금 왔는데 바로 가려고?"

"여기는 병원이잖아."

네네는 반론을 허락하지 않는 듯한 태도로 걸음을 옮겼다.

"뭐, 그건 그래. 그럼 아즈사가와, 대학에서 봐."

"응."

가볍게 손을 들어 보이며 타쿠미와 네네를 배웅했다.

두 사람의 모습은 복도 모퉁이를 돈 후에 바로 사라졌다.

"나도 가볼게. 오늘 학원에서 수업을 할 예정이거든."

리오가 그렇게 말했다.

"응, 미안해. 덕분에 살았어. 그런데 쿠니미는?"

"다른 응급 현장에서 연락이 와서, 바로 갔어."

리오는 그렇게 말한 후, 돌아갔다.

남은 건 사쿠타와 이쿠미뿐이다.

"아카기도 이제 가봐도 돼."

"혼자서도 괜찮겠어?"

"괜찮지 않을까? 여동생이 왔거든."

복도 모퉁이에서 리오와 카에데가 마주쳤다. 리오가 「저쪽」하고 사쿠타가 있는 곳을 가르쳐줬다.

그런 카에데와 멀찍이서 시선이 마주쳤다. 그러자 반쯤 화난 표정을 지으며 빠른 걸음으로 사쿠타에게 다가왔다.

"정말, 오빠는 대체 무슨 짓을 하고 다니는 거야?"

불만이 가득 담긴 입술은 확 일그러져 있었다.

"걱정 끼쳐서 미안해."

사쿠타는 솔직하게 사과했다.

"알긴 아나 보네."

하지만, 카에데의 불만은 수그러들지 않았다.

"일단 별문제는 없는 것 같으니까, 안심해도 돼."

"병원으로 실려 간 것만으로도, 충분히 큰 문제거든?"

카에데가 정론을 늘어놓자, 이쿠미는 몸을 돌린 채 웃음을 참았다.

그로부터 10분 후, 사쿠타는 CT검사의 자세한 결과를 듣기 위해 진찰실로 불려갔다. 그 타이밍에, 이쿠미는 「정말 괜찮아 보이네」하고 말하면서 사쿠타가 괜한 신경을 쓰지 않도록 돌아갔다.

검사 결과를 함께 듣고 싶어 하는 카에데가 동석한 가운데, 결과를 들었다.

"이상은 없군요."

……라는 간단한 이야기였다.

"이제 돌아가도 됩니다."

……라는 말도 들었다.

사쿠타는 약간 김샌 느낌을 받으며 진찰실을 나섰지만, 밖으로 나와보니 경찰관 두 명이 기다리고 있었다.

이유는 안다.

오늘 일에 관한 이야기를 들으러 온 것이다.

약 30분간 동안, 경찰관에게 질문을 받았다.

다른 환자와 의료 스태프에게 방해가 되지 않도록, 자판기와 간이 소파가 놓인 휴게실로 이동해서 이야기를 나눴다.

요점을 정리하자면, 「관객이 밀려와서 마이 씨가 위험해 보였기에, 즉시 몸을 날렸다」라는 이야기밖에 못 했다.

질문 자체는 사쿠타의 오늘 행적과 이벤트 스페이스의 도착 시간, 그리고 『사쿠라지마 마이』의 교제 상대가 맞느냐는 점 등…… 다양한 각도에서 다양한 질문을 던졌다.

경찰관 중 한 명은 사쿠타가 한 말을 때때로 메모했지만, 조서로 남길 만한 말이 있었는지는 솔직히 말해 사쿠타도 알지 못했다.

사쿠타야말로, 그 『산타클로스들』이 대체 뭔지 알고 싶을 지경이다.

그래서, 이야기의 말미에…….

"그 산타클로스들은 대체 뭐였나요?"

……하고, 사쿠타가 경찰관에게 질문했다.

두 사람은 서로의 얼굴을 쳐다보더니, 난처한 표정을 지었다.

"지금 그걸 조사하고 있습니다. 다친 와중에 협력해줘서 감사합니다."

고개를 꾸벅 숙인 후, 두 경찰관은 돌아갔다.

창밖을 보니, 하늘은 이미 어두웠다. 휴게실의 시계는 오후 다섯 시 반을 가리키려 하고 있었다. 홋카이도에서 돌아온 게 오늘 아침이었으니, 참 기나긴 하루였다.

"오빠, 끝났어?"

조금 떨어진 곳에서 기다리던 카에데가 머뭇머뭇 말을 걸어왔다.

딱히 나쁜 짓을 한 것은 아니지만, 오빠가 경찰관에게 질문을 받는 것을 보고 동생으로서 걱정이 된 것 같았다.

"응. 아무 문제 없었어. 뭐, 경찰에서 사정 청취를 당하는 것 자체가 문제일지도 모르겠네."

"그 말이 맞거든?"

"아, 저기 있다! 사쿠타 선생님!"

바로 그때, 병원에 어울리지 않는 활기찬 목소리가 등 뒤에서 들려왔다.

귀에 익은 목소리였다. 사쿠타를 「사쿠타 선생님」이라고 부르는 사람은 많지 않다.

"왜 히메지 양이 여기 있는 거야?"

"그야 물론, 사쿠타 선생님의 병문안을 온 거예요."

"이제 돌아가려던 참인데…… 어떻게 안 거야?"

"토모에 선배한테 들었죠."

사라는 그렇게 말하면서 복도를 돌아봤다.

그곳에는 거북한 표정을 짓고 있는 토모에가 있었다.

"코가는 어떻게 안 거야?"

"카에데한테 이야기를 들었어. 그래서 히메지 양한테 이 야기를 했더니, 휴식 시간에 병원에 가겠다지 뭐야."

"그랬구나."

유심히 보니, 두 사람 다 코트 안에 웨이트리스 옷을 입고 있었다.

"오빠, 토모에 씨한테 고마워해. 오늘 아르바이트하는 날 인데 교대해줬어."

"어차피 한가했거든요~."

사쿠타가 무슨 말을 하기도 전에, 토모에가 볼을 부풀렸다.

"그거, 폐를 끼쳤네."

"선생님, 괜찮은 거예요?"

"괜찮아. 그것보다, 코가랑 히메지 양이야말로 이러고 있 어도 괜찮은 거야? 휴식 시간은 한 시간밖에 안 되잖아?"

그 후에는 저녁 파트에 돌입한다. 패밀리 레스토랑에서 가 장 바쁜 시간대다. 웨이트리스인 두 사람이 돌아가지 않았 다간 가게가 돌아가지 않을 것이다.

"어, 큰일 났네! 히메지 양, 빨리 돌아가자."

"아~, 벌써요?"

"얼굴을 보는 것만으로도 충분하다고 했잖아?"

"그건 토모에 선배가 한 말이에요."

"그건 얼굴만 볼 시간밖에 없다는 이야기였거든? 선배도 괜히 오해하지 마!"

토모에는 딱 잘라 그렇게 말하더니, 구시렁거리는 사라를 끌고 갔다.

정말 믿음직한 모습이었다.

사쿠타는 훈훈한 심정으로 그런 두 사람을 배웅했다.

"그럼 우리도 돌아가자."

"아, 잠깐만."

뭔가를 눈치챈 카에데가 코트의 호주머니에 손을 집어넣었다. 그녀가 꺼낸 것은 스마트폰이었다. 화면을 확인하더니, 고개를 들어서 사쿠타를 쳐다봤다.

"마이 씨가 지금 차로 이곳에 오고 있대."

"그럼 여기서 기다리는 편이 낫겠네."

"그럼 나는 돌아갈게. 요코하마의 집에 있는 아빠와 엄마한테 오빠가 괜찮다고 전해줘야 하거든."

"여러모로 정말 미안해. 걱정하지 말라고 전해줘."

"오빠도 나중에 부모님한테 꼭 연락해."

"알았어."

"그럼 가볼게."

카에데는 스마트폰을 호주머니에 넣고 돌아갔다.

그 뒷모습 또한, 사쿠타는 훈훈한 심정으로 배웅했다.

카에데와 헤어지고 20분 후, 마이가 병원에 도착했다.

병원 로비에서 기다리고 있을 때, 사복으로 갈아입은 마이가 안으로 들어왔다.

"다친 곳, 아파?"

마이의 눈길은 사쿠타의 머리 쪽을 향했다.

"꽤 괜찮아졌어요."

"피로 물든 얼굴을 보고, 얼마나 놀랐는지 알아?"

"마이 씨가 안아준 덕분에, 지면에 머리를 찍지 않아서 정말 다행이에요."

"내가 지켜주겠다고 말했잖아?"

두 사람은 그런 이야기를 나누면서 병원 입구를 향해 걸어갔다.

"경찰복을 입은 마이 씨, 참 멋졌어요."

사복 차림인 마이를 약간 원망 섞인 눈길로 응시했다. 기왕이면, 경찰 복장으로 와줬으면 했다.

"농담을 늘어놓는 걸 보면, 이제 괜찮나 보네."

병원 입구 쪽에서, CT 검사 때 신세를 진 간호사와 마주쳤다. 「조심해서 돌아가세요」, 「신세 졌습니다」 하고 인사를 나눈 후에 밖으로 나갔다.

마이와 경찰복에 관해 좀 더 이야기를 나누고 싶었지만, 오늘은 관두기로 했다. 그 외에도 물어볼 것이 있었다.

"산타에 대해서 뭔가 알게 된 건 있어요?"

주차장을 향해 걸어가면서, 가장 궁금한 점을 물었다.

"아직 경찰의 사정 청취가 끝나지 않아서, 결론을 내릴 수 없는 것 같아."

"그런가요."

"하지만, 그 자리에서 심문한 수십 명이 전부 같은 말을 했대."

"같은 말?"

"자기가 키리시마 토코라고 생각했대."

"……."

무심코, 할 말을 잃었다. 자연스럽게 멈춰서고 말았다. 마이가 알려준 정보는, 그 정도로 충격적이었다.

도저히 믿기지 않는 이야기였다.

하지만, 산타클로스들을 목격한 사쿠타는 믿을 수밖에 없는 이야기였다.

네네에게 일어난 일을 아는 사쿠타는, 받아들일 수밖에 없는 이야기였다.

"다들 내가 『키리시마 토코일지도 모른다』라는 소문이 신경 쓰여서 오늘 그 자리에 온 것 같아. 딱히 나한테 무슨 짓을 할 생각은 없었대."

"미리 짠 게 아니란 거예요?"

"응."

즉, 네네도 그중 한 명이었다.

그렇게 봐야 하는 걸까.

실은 네네도 이벤트 행사장에 가는 것이 목적이었을 뿐,
무슨 짓을 벌일 생각은 없었다고 말했다.

자세한 것은 알 수 없다.

지금 이 자리에서 생각해본다고 이해할 수 있는 이야기도
아닌 듯한 느낌이 들었다.

지금 알고 있는 것은 단 하나뿐이다.

너무나도 중요한 한 가지 사실뿐이다.

"아무튼, 마이 씨가 무사해서 다행이에요."

그 사실이 너무나도 기뻤다.

"그건 내가 할 말이야."

"뭐, 피차일반 아닐까요?"

"아, 맞다. 노도카가 할 말이 있다고 했어."

"나는 딱히 없는데요."

사쿠타가 그렇게 말했지만, 사쿠타가 그에게 스마트폰을
건네줬다. 이미 노도카의 번호로 전화를 건 상태였다. 어쩔
수 없이 스마트폰을 귀에 대자…….

"언니?"

……하고, 노도카가 환한 목소리로 말했다.

"나야."

"언니한테 걱정 끼치지 마."

노도카가 다짜고짜 불평을 늘어놨다.

"토요하마는 내 걱정 안 한 거야?"

"무지 걱정했어, 오빠 분."

바로 그때, 다른 목소리가 들려왔다. 사쿠타를 「오빠 분」
이라고 부른 건 우즈키였다.

"너무 걱정이 된 나머지, 라이브 전에 주먹밥을 세 개밖에
못 먹더라니깐."

"즛키, 세 개면 충분하거든?"

게다가 전화 너머에서 우물거리는 소리가 들려오는 것을
보면, 지금도 뭔가를 먹고 있는 것 같다.

"아무튼, 언니를 지켜줘서 고마워."

노도카가 다시 받았나 했더니, 그 말을 끝으로 전화가 끊
어졌다.

통화가 끝난 스마트폰을 한동안 쳐다봤다.

"오늘은 무슨 날인가……."

혼잣말처럼 그렇게 중얼거린 사쿠타는 마이에게 스마트폰
을 돌려줬다.

"무슨 소리야?"

"왠지, 아는 사람을 참 많이 만나는 것 같아서요."

타쿠미와 네네, 이쿠미를 비롯해, 리오, 유마, 토모에와 사라까지 만났다. 카에데도 만났으며, 방금은 노도카와 우즈키와도 짧게나마 전화로 이야기를 나눴다. 그리고, 옆에는 마이가 있다.

"다친 건 좋은 일이 아니지만, 오늘은 가까운 이들과 만나게 되는 좋은 날인 걸지도 몰라."

마이가 그렇게 말하니, 왠지 그 말이 맞는 듯한 느낌이 들었다. 납득이 되는 말이었다.

"확실히, 좋은 날인지도 모르겠네요."

그렇게 말한 사쿠타는 옆에서 걷는 마이와 자연스럽게 손을 맞잡았다.

종장

The day before

3월 31일. 금요일.

『곧 합격자가 발표됩니다』라고 표시된 대형 전광판 앞에는 200명이 넘는 사람이 모여있었다.

나이는 스무 살 전후의 젊은이가 다수였다. 30대, 40대로 연령대가 높아질수록 인원이 줄어드는 느낌이다.

그런 인파의 가장 뒤편에 서 있는 사쿠타도 전광판을 올려다보고 있었다.

결과가 발표되기를 기다리는 아무것도 할 수 없는 이 시간이 참 초조하게 느껴졌다.

빨리 합격 여부가 발표되었으면 좋겠다.

발치에서부터 초조한 심정이 스멀스멀 기어 올라왔다.

『곧』은 대체 어느 정도의 시간을 말하는 것일까.

그런 생각을 하고 있을 때, 전광판의 표시가 갑자기 바뀌었다.

흰색으로 표시된 세 자리 숫자가 화면에 가득 나열됐다.

처음은 『001』. 마지막은 『246』. 중간중간에 빠진 숫자도 있지만, 작은 숫자부터 차례차례 표시되어 있었다.

사쿠타가 찾는 번호는 『134』.

『130』은 있다. 『131』도 있다. 『132』는 없다. 다음은 『133』. 그 뒤를 이어 『134』가 있었다.

우선 크게 숨을 들이마셨다.

그리고 숨을 길게 내쉬었다. 안도의 한숨이었다.

번호가 표시됐다는 것은 합격을 의미한다.

아침 일찍 준비해서 후타마타가와의 면허 센터에 온 목적은 무사히 달성됐다.

"합격한 분은 차례대로 절차를 밟아 주십시오."

강사의 지시에 따라, 모여든 사람은 두 조로 나뉘었다. 8할에서 9할가량의 사람들은 합격하는 게 당연하다는 표정으로 이동을 개시했다. 분명 마음속으로 조마조마했을 테지만 말이다.

남은 1할에서 2할가량의 사람들은 유감스럽게도 불합격한 사람일 것이다.

사쿠타도 다른 합격자의 뒤를 따르며 걸음을 옮겼다. 그 직후, 뜻밖의 목소리가 들려왔다.

"아즈사가와도 합격했나 보네."

옆으로 고개를 돌려보니, 아는 사람이 사쿠타를 보고 있었다. 대학에서 알게 된 친구 후보, 미토 미오리였다.

"미토도 오늘 시험을 치르러 왔구나."

"나는 시험을 치를 때부터 아즈사가와가 있는 걸 알고 있었지만 말이야. 앞줄에 앉아있었지?"

"그럼 시험이 끝난 후에 바로 말을 걸어달라고."

"아즈사가와가 떨어지기라도 한다면, 좀 거북할 것 같았거든.”

“뭐, 미토만 떨어진다면 좀 꼴사납긴 할 거야.”

“이래 봬도 어엿하게 붙었거든요?”

“합격, 축하해.”

“아즈사가와도 축하해.”

약 두 달에 걸친 교습소 출퇴근도 오늘로 끝난다.

컨베이어벨트 작업처럼 진행되는 절차를 마치고, 사진을
찍은 후, 면허증이 나올 때까지 약 한 시간 정도 기다렸다.
사쿠타가 운전면허증을 받은 건, 열두 시가 지나서였다.

면허증 수령도 컨베이어벨트 작업 느낌이었기에 면허를 취
득하고도 별다른 감흥을 느끼지 못한 사쿠타는 자신과 마
찬가지로 담담하게 면허를 받은 미오리와 함께 면허 센터를
나섰다.

두 사람은 나란히 걸으며 완만한 언덕을 내려갔다. 두 사
람이 향하는 곳은 가장 가까운 역인 후타마타가와 역이다.
사쿠타에게 있어서는 오늘 처음 내린 역이다. 미오리도 그렇
다고 한다.

걸어서 10분 정도 걸리는 거리를, 미오리의 페이스에 맞춰
천천히 나아갔다.

그 와중에, 옆에서 걷는 미오리의 입에서…….

“으음~.”

……하는 신음이 흘러나왔다.

방금 받은 면허증을 보더니, 신음을 흘렸다. 내려다보면서도 납득이 안 된다는 듯한 신음을 흘렸다.

"면허에 불만이라도 있는 거야?"

"제 인생의 최악의 사진이니까, 불만 있는 게 당연하지 않아요?"

미오리가 아까부터 노려보고 있는 건, 면허증의 사진 부분이었다.

"확실히 안색이 나빠서, 건강이 안좋은 사람 같은 느낌이네."

사쿠타가 곁눈질로 본 미오리의 사진은 그녀의 매력이 전혀 담겨있지 않았다.

"그렇지?"

"미토의 권태로움이, 전혀 담겨있지 않아."

"아즈사가와는 어때?"

사쿠타는 아까 지갑에 넣은 면허증을 꺼냈다. 그러자 미오리는 「어디어디」 하고 말하면서 그 사진을 들여다봤다.

"우와~. 시체 같아~."

어찌 된 건지 미오리는 기뻐 보였다.

"내 사진이 그나마 낫네."

미오리는 남을 희생양 삼아서, 기운을 되찾았다.

"마나미의 면허 사진도 별로던데…… 괜찮게 찍힌 사람이 있긴 할까?"

"마이 씨의 면허 사진은 완전 『사쿠라지마 마이가 맞거든요?』라는 느낌이었어."

솔직히 말해 아우라가 달랐다.

마이도 같은 곳에서 면허를 땄는데…….

같은 기계로 촬영했다는 게 믿기지 않는 사진이었다.

"사진찍히는 데 익숙한 사람은 다른가 보네……."

미오리는 진심에서 우러난 목소리로 그렇게 말하며 납득했다.

"아, 맞다. 마이 씨라니까 생각났는데, 내일이지?"

"응?"

"마이 씨가 나오는 음악 페스티벌 말이야."

"일단 시크릿 게스트라서, 마이 씨의 이름은 출연자 란에 없는데 말이지."

"『#꿈꾸다』 탓에, 다들 알고 있어. SNS상에서는 다들 커밍아웃도 기대하고 있거든?"

"성인의 날에 아니라고 말했는데 말이야."

"소문이 다시 불타오르기 시작했잖아."

"뭐, 원인은 알지만……."

"혹시 산타 사건이야?"

"그 일로 자칭 『키리시마 토코』는 대부분 전멸했거든."

그 사건이랄까, 사고 후…… 사쿠타는 또 경찰로부터 사정 청취를 받았다. 이야기한 내용은 당일과 별반 다르지 않았다. 받은 질문도 기본적으로 같았다.

그런 이야기를 나누는 와중에, 사쿠타도 경찰에게 몇 가지 질문을 던졌다. 수사 중인 내용은 가르쳐주지 않았지만, 대답해준 것도 있다.

그날, 그 장소에 있던 산타클로스 전원이 『자기가 키리시마 토코라고 생각했다』고 말했다고 한다. 남성, 여성 가리지 않고 말이다. 이미 보도된 정보지만, 경찰에게 직접 들으니 진실성이 어마어마했다.

실제로 산타 중 몇 명을 취조했던 남성 형사는 「전원이 거짓말을 하는 것 같지 않은 데다, 미리 짜고 이벤트에 온 게 아니라고 말하는데…… 솔직히 말해, 섬뜩한 이야기야」 하고 자신의 감상도 들려줬다.

게다가 그날 그 자리에 있던 산타들은 현재, 전원이 네네와 마찬가지로 자기 자신을 되찾았다고 한다. 정신을 차린 계기를 물어보니 「얼굴이 피로 범벅이 된 남성에게, 진정하라는 말을 듣고 무서워서」란 대답이 가장 많았다고 한다. 이 부분은 네네의 케이스와 다르며, 충격을 받고 정신을 차린 느낌이었다.

자기가 누구인지를 떠올리고, 주위로부터 인식되게 된 것은 잘된 일이라고 생각한다.

하지만, 그 바람에 성가신 일이 하나 발생한 것도 사실이었다.

자칭 『키리시마 토코』가 사라지면서, 『키리시마 토코』 후보
또한 사라지고 말았다. 결과적으로, 그날 이후로 마이가 『키
리시마 토코』란 의혹이 다시 부상했다.

　『키리시마 토코』를 자칭하던 수많은 산타가 그날 마이가
있는 곳에 모였다는 사실도, SNS 상에서 억측을 모으고 있
다. 확실히, 뭔가 관련이 있다고 생각해도 이상하지 않을 상
황이다.

　"그래서, 내일 페스티벌에서 다시 부정한대."

　"그렇구나."

　두 사람은 역 앞의 빨간 신호에 걸려서 멈춰 섰다.

　그들의 눈앞을 차가 가로지르며 지나갔다.

　"키리시마 토코는 대체 어떤 사람일까?"

　사쿠타의 입에서 그런 솔직한 의문이 자연스럽게 흘러나
왔다.

　이와미자와 네네가 가짜라는 게 밝혀진 현재, 단서는 전
혀 없다. 알고 있는 건, 동영상 사이트에서 인기를 끌고 있
는 인터넷 싱어라는 점뿐이다.

　"아즈사가와는 어떤 사람이라고 생각해?"

　"뭐, 노래를 잘하는 사람이라고 생각해."

　"이 사람, 농담하고 있네~."

　미오리는 웃었다. 딱히 진지한 대답을 원하지는 않은 것
같았다. 사쿠타 또한 진지하게 대답할 생각은 없었다. 그러

니, 이걸로 됐다. 친구 사이…… 아니, 친구 후보 사이의 대화란 이런 것이다.

신호가 파란색으로 변했다.

사쿠타는 웃음을 흘리며, 다시 걸음을 내디뎠다.

내일이 바로, 수많은 젊은이가 꿈에서 봤다고 하는, 4월 1일이다.

■작가 후기

　독자 여러분이 이 후기를 읽을 즈음이면, 극장판『청춘 돼지는 외출하는 여동생의 꿈을 꾸지 않는다』가 개봉했을 겁니다.

　코믹스판『시스콤 아이돌』과『집 보는 여동생』,『꿈꾸는 소녀』의도 차례차례 공개될 거라고 생각합니다.

　다양한 형태로 청춘 돼지를 즐기고 계신지요? 그러시다면 저도 정말 기쁠 것 같습니다.

　겨울에는 극장판『청춘 돼지는 책가방 소녀의 꿈을 꾸지 않는다』도 개봉할 테니, 앞으로도 청춘 돼지를 잘 부탁드립니다.

　PS. 드디어 청춘 돼지도 최종장에 들어섭니다.

카모시다 하지메

■ 역자 후기

안녕하십니까. 근로청년 번역가 이승원입니다.

『청춘 돼지는 산타클로스의 꿈을 꾸지 않는다』를 구매해 주셔서 진심으로 감사드립니다.

2023년은 청춘 돼지를 번역하며 봄을 맞이했고, 또 청춘 돼지를 번역하며 겨울을 맞이했습니다.

한 해의 시작과 끝을 청춘 돼지와 함께하니 기분이 좋습니다, AHAHA.

원래는 청춘 돼지 극장판도 일본에 가서 관람하고 싶었습니다만, 올해는 여러 엑시던트(ㅠㅜ)가 터져서 결국 못 갔습니다.

『외출하는 여동생』은 놓쳤으니, 『책가방 소녀』만은 가서 보고 싶네요.

겸사겸사 『첩보원×가족』(^^) 극장판과 『씨앗 자유』(^^) 극장판도 볼 수 있다면 참 행복할 것 같습니다.

독자 여러분도 기회가 되신다면 꼭 관람해 주시길!

그럼 이번 권에 대해 조금 이야기해볼까 합니다.

스포일러가 포함되어 있을 수도 있으니 본편을 읽지 않으신 분들은 유의해주시길!

청춘 돼지의 이번 에피소드는 산타클로스 편!

2부의 핵심인물이라 할 수 있는 『키리시마 토코』의 비밀을 파헤치는 이야기였습니다.

미니스커트 산타라는 충격적인 비주얼로 등장해서, 수많은 떡밥을 뿌렸던 『키리시마 토코』. 사쿠라지마 마이와 마찬가지로 사람들의 눈에 보이지 않고, 수많은 이들에게 사춘기 증후군을 선물한 그녀. 그녀의 정체와 과거, 그리고 뜻밖의 반전이 이번 권에서 펼쳐집니다.

개인적으로 이번 권에서 가장 눈길을 끈 것은 이제까지 등장한 주요 캐릭터가 전부 얼굴을 비췄다는 점이 아닐까 싶습니다.

이제까지 사쿠타에게 구원받은 히로인들, 그리고 그 과정에서 인연을 쌓은 친구와 지인들이 전부 등장해서 직간접적으로 사쿠타에게 도움을 줍니다. 오래간만에 모습을 보인 캐릭터들은 사쿠타와의 인연을 통해 성장한 모습 또한 보여주죠. 그런 부분이 장편 시리즈의 묘미가 아닐까 합니다. 이런 매력이 최종장에서도 이어지기를, 저도 팬의 한 명으로서 기대하고 있습니다!

그럼 이만 줄이겠습니다.

L노벨 편집부 여러분. 언제나 재미있는 작품을 맡겨주셔서 감사합니다. 앞으로도 잘 부탁드립니다!

청과물 경매 일하다 엉덩이에 부상입은 악우여. 큰일 아니라 다행이다. 다친 데 다 나으면 같이 에너지 보충이라고 하러 가자.^^

마지막으로 언제나 제게 버팀목이 되어주시는 어머니와 『청춘 돼지』 시리즈를 읽어주신 모든 분에게 진심으로 감사드립니다.

최종장의 시작을 알리는 다음 권 역자 후기 코너에서 다시 뵙겠습니다!

2023년 12월 초
역자 이승원 올림

청춘 돼지는 산타클로스의 꿈을 꾸지 않는다 13

초판 1쇄 발행 2024년 5월 10일

지은이_ Hajime Kamoshida
일러스트_ Keji Mizoguchi
옮긴이_ 이승원

발행인_ 최원영
본부장_ 장혜경
편집장_ 김승신
편집진행_ 권세라 · 최혁수 · 김경민 · 최정민
편집디자인_ 양우연
국제업무_ 박진해 · 전은지 · 남궁명일
관리 · 영업_ 김민원 · 조은걸

펴낸곳_ (주)디앤씨미디어
등록_ 2002년 4월 25일 제20-260호
주소_ 서울특별시 구로구 디지털로32길 30 코오롱디지털타워빌란트 1305호
전화_ 02-333-2513(대표)
팩시밀리_ 02-333-2514
이메일_ lnovellove@naver.com
ㄴ노벨 공식 카페_ http://cafe.naver.com/lnovel11

SEISHUN BUTA YARO WA SANTA CLAUS NO YUME WO MINAI Vol.13
©Hajime Kamoshida 2023
Edited by 전격 문고
First published in Japan in 2023 by KADOKAWA CORPORATION, Tokyo.
Korean translation rights arranged with KADOKAWA CORPORATION, Tokyo.

ISBN 979-11-278-7564-0 04830
ISBN 979-11-86906-06-4 (세트)

값 8,500원

©Usa Haneda, U35 2023 / KADOKAWA CORPORATION

일주일에 한 번 클래스메이트를 사는 이야기 1권

하네다 우사 지음 | U35(우미코) 일러스트 | 이소정 옮김

그녀― 미야기는 이상하다. 일주일에 한 번 오천 엔으로 나에게 명령할 권리를 산다.
같이 게임을 하거나 과자를 먹여달라고 하거나,
가끔씩 기분에 따라서는 위험한 명령을 내리기도 한다.
비밀을 공유하기 시작한 지 벌써 반년이 지났지만,
그녀는 「우리는 친구가 아니야」라고 말한다.
저기, 미야기. 이게 우정이 아니라면 우리는 무슨 관계야?

그 사람― 센다이가 아니면 안 되는 이유는, 지금도 딱히 없다.
내 우연한 변덕에 그녀가 따라줬다. 단지 그뿐.
그래서 나는 어떤 명령도 거부하지 않는 그녀를 오늘도 시험한다.
……내년 봄, 만약 다른 반이 되더라도, 그녀는 이 관계를 계속 이어가줄까.
지금은 그게 조금 신경 쓰인다.

L NOVEL

15세 미만 구독 불가

6

의매생활

미카와 고스트

yuee Hiten

Days with my Step Sister

presented by
ghost mikawa

NOVEL

의매생활 1~6권

미카와 고스트 지음 | Hiten 일러스트 | 박경용 옮김

고교생 아사무라 유우타는 부모의 재혼을 계기로,
학년 제일의 미소녀 아야세 사키와 남매로서 한 지붕 아래 살게 됐다.
너무 다가가지 않고, 대립하지도 않으며, 적절한 거리감을 유지하자고 약속한 두 사람.
가족의 애정에 굶주린 고독 속에서 노력을 거듭해왔기에
다른 사람에게 어리광 부리는 방법을 모르는 사키와,
그녀의 오빠로서 어떻게 대해야 할지 몰라 당황하는 유우타.
어쩐지 닮은 구석이 있는 두 사람은,
같이 생활하면서 차츰 편안함을 느끼게 되는데…….
이것은 언젠가 사랑에 빠질지도 모르는 이야기.

**완전한 남이었던 남녀의 관계가 조금씩 가까워지며
천천히 변해가는 나날을 적은, 연애 생활 소설.**